PHILIP OSBOURNE

IL DIARIO DI PHIL IL NERD

LE MILLE LUCI DI HOLLYWOOD

STORIA DI UN RAGAZZO MOLTO SPECIALE
CHE CREDE NELLA FANTASIA

ILLUSTRAZIONI DI ROBERTA PROCACCI

Sono Phil, il nerd,
il secchione, il geek,
il matematico compulsivo.
Se siete come me e a volte
vi prendono in giro, rideteci su.
Chi ha scritto i libri più venduti?
I nerd.
Chi ha diretto i film hollywoodiani di
maggior incasso?
I nerd.
Chi ha creato alta tecnologia avanzata
che possono capire solo i creatori
stessi?
I nerd. Allora, su la testa dai libri e
sorridete al mondo con l'orgoglio di
essere dei nerd come me.
Io sono Phil, per gli amici
Phil, il nerd... e ne
vado fiero!

EDICART JUNIOR

PRIMA DI COMINCIARE...

VI PRESENTO LA MIA FAMIGLIA

ELEN DICK

Elen è mia sorella. È una bimba di otto anni con uno spiccato senso degli affari. Hai capito bene: si diverte sognando di avere un'azienda di moda tutta sua. Ti sembra normale una bambina di otto anni che ama leggere i giornali di finanza? Credimi, lei fa paura! È una bimba che parla come una laureata in economia! Pianifica tutto e a differenza mia è attenta a ogni dettaglio. È decisa e si diverte quando comanda il nostro gruppo. Nonostante sia la più piccola, è quella che riesce a decidere per tutti. Non chiedermi come faccia, ma organizza le nostre giornate. La frase che ama urlarci quando non ci sbrighiamo è sempre la stessa: «Datevi una mossa! Oggi è quasi domani!».

Mamma

Mia mamma è diventata famosa per aver disegnato delle t-shirt ironiche, un po' macabre, ma vincenti. I blog e i giornali dicono che lei è veramente cool. Il suo Facebook ha raggiunto i 100.000 like e le frasi delle sue magliette sono alcuni degli hashtag più diffusi su Twitter. Su Pinterest trovate tutto su di lei.

L'UNICA FRASE CHE CONOSCE MIA MAMMA:

NON SUDARE!

Papà

Non ne voleva più sapere di fare il manager e così ha abbandonato tutto, ha preso uno studio lontano dalla città e lì scrive i suoi racconti e i suoi saggi sugli UFO. Per farti capire che razza di genitore mi ritrovo, ti racconto questa. Stavamo andando a scuola e, mentre parcheggiava l'auto, gli ho chiesto se credesse davvero nell'esistenza degli Ufo. Ecco cosa mi ha risposto: «Gli UFO esistono! È l'aviazione che non esiste.»

TEO è UN chiwawa

Teo è il nostro cagnolino che ama leggere le strips sul tablet, non abbaia e usa WhatsApp, nonostante non abbia le dita!

E I MIEI AMICI... I PING PONG THEORY

BIG MIND KILL

Lei è bellissima ed è un genio della matematica. Con il suo sguardo riesce a ipnotizzare. Un tempo era mia nemica, adesso fa parte del mio team: I Ping Pong Theory.

NICHOLAS

Nicholas è timido e si nasconde sotto un sacchetto di carta.

GEORGE

Un hacker che somiglia a Ciube

A Elen, che mi stupisce ogni giorno con i suoi smile

Philip Osbourne

PRIMA DI...

di Phil Dick alias PHIL IL NERD

Sono un **NERD**, ma non pensare che io viva chiuso in casa davanti al mio tablet. Certo, ci passo del tempo (sì, tantissimo tempo!), ma non sono una di quelle persone a cui se chiedi: "*Hai una vita?*" ti risponde: "**COOL! DOV'È CHE POSSO SCARICARLA?**"...

Sono un **nerd** che ama divertirsi e combinare qualche guaio.

Mi piace la **SCHERMA** (sono uno sciabolatore), adoro **STAR WARS** (nonostante gli ultimi film siano più tristi di un clown cacciato da un circo) e ho strane visioni (**DART FENER**, o qualcosa che gli assomiglia tanto, mi insegue per darmi consigli abbastanza folli). Fortunatamente a riportarmi alla realtà ci pensano i miei amici. Sono veramente fantastici! **NICHOLAS**, **GEORGE** e **BIG MIND KILL** sono parte della mia vita, proprio come mia sorella **ELEN**, che mi aiuta a risolvere ogni problema. Tutti insieme partecipiamo a tornei di matematica e ci facciamo chiamare **i PING PONG THEORY.**

Il mio cuore batte per **Big Mind Kill.**

Sono impazzito per lei e ho capito una cosa importantissima: **devo lavarmi i denti ogni giorno**! Così, quando si avvicinerà, non dirà in giro che mangio soltanto cipolle!

Da qualche settimana, mi sveglio pensando a lei e ai POKEMON. Sono sempre un **NERD** e tendo a far convivere tutte le mie passioni!

Quella che stai per leggere è **UNA MIA NUOVA AVVENTURA**, ovvero la storia di un giovane **NERD** che crede molto nella fantasia. Come diceva Albert Einstein: "**LA LOGICA VI PORTERÀ DA A A B. L'IMMAGINAZIONE VI PORTERÀ DAPPERTUTTO**".

Lascia aperta la porta della fantasia e scopri con me i mondi che non pensavi possibili!

CAPITOLO PRIMO

SUPERNERD E SUPERBUGIE

Non dirò più bugie. Lo so, ne ho detta una appena adesso!
Allora non dirò più la verità!

IL SUPERNERD
Qualcosa non va!

di Phil Dick alias PHIL IL NERD

Caro *Diario*,

immagina di essere BATMAN.

Immagina di essere quello **STRAFIGO** che ha una BAT-CAVERNA, una BAT-AUTO, che ha sempre una BAT-TUTA pronta e vince contro i più folli **SUPERNEMICI.** Per un attimo crediti come lui. Tutti ti corteggiano e ti amano. Tu non hai paura di nulla e puoi riuscire a ottenere quello che vuoi.

Sei la persona che indossa la maschera del giustiziere BATMAN, il miliardario BRUCE WAYNE, uno degli uomini più ricchi e potenti del MONDO. Pensa ai suoi sofisticati equipaggiamenti, quelli prodotti dalla sua **WAYNE ENTERPRISES**.

Ora sono tuoi!

Sei proprio il più cool!

Caro *Diario*, stai immaginando tutto questo? Riesci a spingerti con la mente sino a vederti protagonista di un'epica battaglia contro **Joker**?

Sei pronto a recitare la frase che ha reso il "pipistrello umano" unico al mondo: «I criminali sono codardi e superstiziosi. Il mio travestimento dovrà infondere terrore nei loro cuori. Dovrò essere una creatura della notte, nera, terribile...»?

BENE!

Caro *Diario*, io pensavo di essere BATMAN, ma stamani, quando mi sono svegliato, mi sono reso conto di assomigliare di più a TITTI, chiuso in una gabbia e con un "**TELLIBILE GATTO PLONTO A SBLANALMI**".

UN TELLIBILE GATTO
PLONTO A SBLANALMI.
GNAM!
SLURP

IO PENSAVO DI ESSERE BATMAN, MA ASSOMIGLIAVO DI PIÙ A TITTI.

PHIL, IL NERD

NON SONO BATMAN E OGGI CHE A SCUOLA **NON** HO PRESO LA MIA SOLITA **LODE**, MI SENTO PROPRIO COME IL CANARINO COSTANTEMENTE INSEGUITO DA GATTO SILVESTRO.

Giorno 7 ottobre

Sono **Phil**, per chiunque **Phil, il nerd.** Tutti si **aspettano** da me sempre il massimo dei risultati e il problema è che io mi **aspetto** sempre il massimo da me. Forse dovrei cercare solo di **SORRIDERE**, ma spesso **HO L'OSSESSIONE** dei voti: li immagino come mostriciattoli verdi, piccoli e con denti aguzzi,

come i personaggi del gioco **ZOMBIE TSUNAMI**. Per me i voti sono delle creature terribili che mi rincorrono. Nei miei incubi io scappo da loro, mentre mi urlano: "Vuoi un bel voto? Abbracciaci!".

Sono fuori di testa?

Mi è difficile rimanere sereno quando tutti si aspettano da me la **LODE** in ogni materia. L'unico che non si aspetta nulla è **mio papà**, perché lui aspetta solo l'arrivo degli ALIENI. **NON FA PROPRIO TESTO!** Anche le sue battute sono sempre più folli.

L'altro giorno mi ha chiesto: "Sai perché non ho parcheggiato sulla Luna?". **ERO SPAVENTATO DA QUELLO CHE AVREBBE POTUTO DIRE** e ho solamente alzato le spalle. Lui ha risposto per me: "Perché oggi la Luna è piena!".

È PROPRIO UN PESSIMO COMICO!

LA MIA PAURA di ricevere un **VOTO** sotto le attese cresce quando entra in classe **Mr. Gray,** il nuovo professore di MATEMATICA. Mi guarda sempre con gli occhi accigliati. Non chiedermi il perché, ma non gli sto **simpatico**. Cosa penseresti se trovassi il PROFESSORE mentre abbozza il tuo ritratto su un foglio e dietro **LA TUA FACCIA DISEGNASSE UNA MUMMIA PRONTA A SBRANARTI?**

Con me lo faceva mentre spiegava a tutti gli studenti il teorema di Euclide.
NESSUNO MI CREDE, ma lui non mi sopporta e così, **OGNI VOLTA CHE MI INTERROGA, tremo tutto** e anche le cose più facili diventano complicate.
Qualsiasi cosa io dica o faccia, per lui è sempre un problema. Mi viene da pensare che

il mio rapporto con lui sia come quello fra Bart de **I Simpson** e **Telespalla Bob**. Anche il **professor Gray** ha la pettinatura che ricorda la chioma delle palme. E, come il nemico di **Bart**, spesso dimostra di essere **UNA PERSONA INCREDIBILMENTE COLTA**, poliglotta, amante del teatro, dell'opera lirica e dotata **DI GRANDE GUSTO DA ESTETA**. Devi credermi, sotto le sue buone maniere è un tipo **molto strano**, come potrebbe esserlo un ippopotamo cheerleader o **Hulk** con **ADDOSSO** un tutù.

Perché non posso essere anch'io una cheerleader?

Il PROF. GRAY è sempre prepotente e non ha il SENSO DELL'IRONIA. La settimana scorsa ha rimproverato la classe, dicendo: "NON FARETE MAI NULLA NELLA VITA! Specialmente i NERD che passano molto tempo dietro i videogames e i comic book. LORO SARANNO DEI SICURI PERDENTI!".

Ero certo che si riferisse a me.

Già da diversi giorni mi provocava e non era solo una mia impressione. Ma non ero dentro Minecraft dove potevo realizzare costruzioni di ogni tipo, dal più umile dei rifugi al più maestoso dei castelli. TANTOMENO POTEVO SCAVARE NELLE PROFONDITÀ DEL MONDO IN MODALITÀ SOPRAVVIVENZA, fabbricando armi e armature con cui difendermi dai nemici.

PHIL MINECRAFT NERD!!!

Avantiiii!!!
Phil

Lui voleva in qualche modo STANARMI e FARMI ESPLODERE. Non so per quale ragione. Ma quando disse: "Nessuno di voi riuscirà nella vita! Vi chiedete mai se avete le capacità per farcela?", il mio cervello si offuscò e non capii più nulla. Gray poi aggiunse: "Tu, Phil, IL PICCOLO NERD, impara ad andare oltre i tuoi FUMETTI E GAMES, e chiediti se stai imparando qualcosa che vale!".

Mi sentii come un vulcano con sopra un enorme tappo. Nulla avrebbe potuto contenere la mia rabbia.

Lo guardai sbalordito. Studiavo con tutte le mie energie e, sono sicuro, lo stesso faceva Nicholas, l'altro mio amico NERD.

Perché il professore era così duro con noi?

Non trattenni il mio sarcasmo e ribattei: "Non mi chiedo se sto imparando qualcosa, perché chi non ha imparato si è messo a insegnare."

Hai presente **Labyrinth**, quel vecchio film con **David Bowie**? C'era la protagonista che si

chiamava Sarah e incontrava per primo Gogol, uno gnomo che spruzzava veleno alle fate all'entrata del labirinto.
Beh, **GRAY ERA SIMILE A GOGOL**, ma alto e coraggioso, e non gli andò giù la mia provocazione. Così **mi RIFILÒ un 8**, che per molti sarebbe stato un bel risultato, ma non per me che da sempre prendo **VOTI PIÙ ALTI**.

Era riuscito a farmi esplodere e così non ero più "**Batman**". Improvvisamente mi sentii tolta la mia "**Bat-caverna**" e la "**Bat-auto**". Mi lasciò solo con il mio **ORGOGLIO AMMACCATO.**

IO SALUTO I MIEI SUPERVOTI

Da oggi in poi sono un ragazzo normale. Niente superavventure. Gotham mi mancherai e anche tu, cara Lode, mi mancherai!

Giorno 8 ottobre

Per riprendermi il podio da **NERD** supersaccente e con i voti scolastici più alti, **SONO FINITO IN UN BEL GUAIO**. Non volevo che gli altri scoprissero che non sono sempre super. Avevo visto **Big Mind Kill**, lei era sempre **BELLA** ed era molto complicato parlarle senza dire idiozie. **Il suo sguardo era** *fantastico* e il suo cervello era pieno di quelle stesse cose che io amavo.
Lei era WONDER WOMAN
e io BATMAN.

Avevamo un mondo simile dove ci "incontravamo". Come me, lei amava i giochi di ruolo on line. Era andata fuori di testa per CLASH ROYALE, si era persa nella saga del Dr. Octopus (quando era diventato SPIDERMAN), si era arrabbiata come una matta per la morte di Ian Solo in STAR WARS VII e aveva cercato disperatamente di far capire al mondo del web che la serie Heroes era strafiga e anche HEROES REBORN valeva la pena di essere vista.

MOMENTO
NERD
VERSUS
STAR WARS
VII

LA RABBIA DI PHIL

Un vero nerd certe cose non le sopporta proprio!

MA NON C'ERA SOLO IL NOSTRO MONDO NERD che ci legava. La passione per la matematica era l'altra corda che ci univa. Sbavai per lei QUANDO MI DISSE LE TRE RAGIONI che l'avevano spinta verso i numeri.

"Einstein, hai presente Albert Einstein? Lui ha detto: 'La fantasia è più importante della conoscenza. Due: L'importante è non smettere di fare domande. Tre: La ricerca della verità è più preziosa del suo possesso'.

Quando ho letto queste sue frasi, ho cercato di capire cosa l'aveva portato a certe riflessioni e ho scoperto che era la matematica. Ecco perché adoro i numeri!".

Non avrei mai pensato che la mia più terribile nemica diventasse la persona che avrei voluto vicino ogni istante. In passato ci siamo scontrati alle gare di matematica e non la sopportavo proprio. Stai pensando che sono innamorato?

Certo, ma faccio un passo alla volta. Ti ricordo che lei ha sempre la capacità di svuotare i

cervelli delle persone che guarda. Non vorrei trovarmi con la testa come una scatola vuota. Le avrei voluto rivelare le emozioni che provavo, ma quando Big Mind Kill mi riferì che **GEORGE** e **NICHOLAS** ci aspettavano nello studio di mia sorella **ELEN**, trovai opportuno posticipare la mia confessione. E poi dovevo dedicarmi ad altro: come a entrare nel **COMPUTER DELLA SCUOLA E HACKERARE IL MIO VOTO**. Volevo **portarlo da buono a ottimo**. Per tutti sarei rimasto il super**NERD** e la mia media non ne avrebbe risentito.

SUPERPHIL

Supervoti
Supermedia
Superbugie

Con **Big Mind Kill** siamo andati da mia sorella. Lei **AVEVA ALLESTITO LA SUA CAMERETTA IN UNA SALA RIUNIONI** e nessuno di noi sapeva cosa voleva dirci. Elen in quel momento mi sembrava **VICKY** de **I DUE FANTAGENITORI**, ovvero una baby-sitter amante del denaro, sadica e terribile. Solo che lei non era proprio una baby-sitter, anche se si prendeva cura di tutti noi del team dei "**Ping Pong Theory**". **NICHOLAS ERA GIÀ SEDUTO**, **INDOSSAVA IL SUO IMMANCABILE SACCHETTO DI CARTA** in testa e **George** prendeva appunti sul suo tablet **per poi contestare tutto quello che mia sorella diceva.** I miei due amici, come Elen, erano impauriti da **BIG MIND KILL**, e non perché vestiva come una dark, **ma per il suo sguardo ipnotico**.

LA FORTUNA ESISTE, ECCOME! ALTRIMENTI... COME POTRESTE SPIEGARE IL FATTO DI CONOSCERMI?
MEETING
THE BOSS

NONOSTANTE LEI, APPENA ENTRATA, AVESSE SFODERATO UN SORRISO DA PUBBLICITÀ PER DENTIFRICI.

"BIG MIND KILL, SEI DEL NOSTRO TEAM E DEVI SAPERE CHE SONO IL COACH DELLA SQUADRA DI MATEMATICA! IO ADORO LA DEMOCRAZIA COME UN CANE AMA UN GATTO. QUINDI, CARA, DECIDO IO!" le disse mia sorella, a scanso di equivoci. **Big Mind Kill** sorrise.

CAPÌ CHE ELEN ERA PICCOLA, MA MOLTO DETERMINATA.

Pensò di lasciarle vivere il suo ruolo e di non rompere gli equilibri del nostro gruppo.

"**Ragazzi, ho una sorpresa per voi!**" continuò Elen.

"**TI PREGO EVITACI DI FARCI PULIRE LA TUA CAMERETTA**" intervenne Nicholas.

George non si fece attendere e ribatté:

"**Le tue sorprese in genere si chiamano problemi!**".

"**LASCIAMOLA PARLARE!**" aggiunse **Big Mind Kill**.

Elen sorrise e disse: "GRAZIE PER LA SOLIDARIETÀ FEMMINILE, ma i maschietti non capiscono che QUANDO LORO SI ALZANO DAL LETTO, PER NOI DONNE LE GIORNATE STANNO PER FINIRE. Siamo sempre avanti rispetto a loro. Comunque, vi ho radunati nel mio ufficio per parlarvi dello show tv **America loves Talent**".

Avevamo tutti gli occhi spalancati.

America Loves Talent era il format tv più visto nel mondo e centinaia di pagine **Facebook** raccontavano le storie dei suoi partecipanti. Erano tutti tipi davvero tosti, preparati, ma fuori di testa. ERA UNO SHOW CHE PIACEVA A CHIUNQUE, perché le persone si scontravano in GARE di intelligenza e lo facevano a gruppi. In genere, era gente improbabile, dai nomi ridicoli.

Ricordo un team che si chiamava i

PARASSITI e i componenti si erano **PRESENTATI VESTITI DA FUNGHI**. Erano dell'Ohio e l'avevano spuntata contro i **BRUFOLOSI**, ex professori di matematica

del Texas PIENI DI BRUFOLI INGUARDABILI.

Erano persone noiosissime, capaci solo di rimproverarsi a vicenda e di tirarsi addosso i loro ORRIBILI CAPPELLI DA COWBOY.

Lo spettacolo metteva a disposizione dei vincitori un importante premio economico e non c'erano limiti di età per partecipare.

ECCO perché migliaia DI SECCHIONI, INSEGNANTI, SCIENZIATI E MATEMATICI SCHIZZATI FACEVANO LA FILA PER ESSERE SELEZIONATI.

MA COSA c'entravamo noi con quello SPETTACOLO?

"Un'altra gara da affrontare?" chiesi spaventato.

"La scuola è un habitat troppo ristretto per le nostre potenzialità" rispose con assoluta determinazione ELEN. "ADESSO ABBIAMO un membro in più E DI GRANDE VALORE, QUINDI POSSIAMO GIOCARCELA CON CHIUNQUE!" continuò la nostra piccola coach.

BIG MIND KILL sorrise, contenta della fiducia dell'altra ragazza del gruppo.

"NONOSTANTE GEORGE..." tenne a precisare Elen "...SIAMO UN GRUPPO PIENO DI TALENTO, E POSSIAMO VINCERE ANCHE CONTRO GLI ADULTI SE CI SCONTRIAMO SUL FRONTE DELLE CONOSCENZE SCIENTIFICHE E MATEMATICHE!".

"NONOSTANTE UN COACH COME TE..." sottolineò con molto sarcasmo George "...CHE SA PARLARE MEGLIO CHE PENSARE, FORSE POTREMMO FARCELA!".

Nicholas era felice, era abituato ai battibecchi di Elen e George e ormai neanche si accorgeva di loro. Il fan dei NY Meets amava la competizione e chiese: "ACCETTANO I PARTECIPANTI CON UN SACCHETTO DI CARTA IN TESTA?".

Big Mind Kill era stupita dalle nostre riunioni un po' strampalate e, come se fosse un'adulta, domandò: "MA NON PENSATE CHE CI SIANO GRUPPI PIU PREPARATI DEL NOSTRO? MAGARI DEGLI STUDENTI UNIVERSITARI O DEI PROFESSORI? E POI CHI CI DICE CHE CI PRENDERANNO? FORSE NON SIAMO COSI 'PARTICOLARI' COME LE PERSONE CHE CERCANO!"

Elen salì sulla scrivania.

Era arrivato il momento di mettere in scena il suo spettacolo da capetto e, stringendo i suoi occhi, con sarcasmo e allo stesso tempo con molta serietà, tenne a precisare: "**GUARDATEVI!**"

Puntò il dito su di noi e continuò.

AVETE MAI VISTO UN RAGAZZO CHE CAMMINA E VIVE SOTTO UN SACCHETTO DI CARTA? NICHOLAS È UN PERSONAGGIO TELEVISIVO!

NICHOLAS

GEORGE

George trova più facilmente il sorriso quando sta con tutti noi.

GEORGE SEMBRA IL FRATELLO MENO SIMPATICO DI CIUBE DI STAR WARS. E VI PARE "STANDARD" UNO BECCATO, PER BEN DUE VOLTE, MENTRE CERCAVA DI DOSSARE YOUTUBE?

BIG MIND KILL È SBUCATA FUORI DA UN FILM HORROR O È UNA MENTALISTA? TROVATE COSÌ COMUNE IL SUO ABBIGLIAMENTO, IL LOOK DA FILM DI TIM BURTON E LO SGUARDO CHE LANCIA FUOCO COME CICLOPE DEGLI X-MAN?

BIG MIND KILL

Non sempre riesco a capire Big Mind Kill, perché sa nascondere le sue emozioni e intimorisce tutti con il suo sguardo. Ma sono certo che dentro di lei vivano mille bei sentimenti. Da grande vorrebbe lavorare come ricercatrice, perché come dice sempre: "più che insegnare voglio imparare!".

PHIL, PHIL IL NERD, IL RAGAZZO SUPERTIMIDO E SUPERIMBRANATO, CON UN CERVELLO CHE SI MUOVE ALLA VELOCITÀ CHE NEANCHE FLASH RAGGIUNGE, È UN TIPETTO CHE REGGE LA TV!

PHIL, IL NERD

Sono un supereroe? Vedo tutto come se fossi in un comic book o in una serie tv. A volte mi sento come Flash e penso che sia facile essere veloci e arrivare nelle cose sempre per primo. Non amo perdere e forse non so accettare le sconfitte perché ho paura di deludere i miei genitori e i miei insegnanti. Da me si aspettano sempre il massimo!

E poi quale gruppo può permettersi come capo una ragazzina di 9 anni, **SUPERAFFASCINANTE**, con una capacità manageriale pressoché unica sul pianeta Terra?
Ora potete capire perché ci **HANNO ACCETTATI** appena ho mandato la foto e la presentazione del nostro gruppo.
È ufficiale: **I PING PONG THEORY** parteciperanno ad **AMERICA LOVES TALENT**.

ELEN, THE BOSS

Mia sorella ama comandare e organizzare. Credo che la sua prima parola non sia stata "mamma" o "papà", ma "io". Non lo fa apposta, gestisce tutto perché per lei è naturale.
A sua discolpa, dice: "Ci sono ragazzi che amano obbedire e io voglio solo farli felici!".

Se qualcuno **VINCE**, qualcun altro deve perdere... e noi non siamo mai "qualcun altro".

"**Dove si terranno le gare?**" chiese Nicholas.

"**NEGLI STUDIOS A HOLLYWOOD!**" rispose senza esitazione Elen.

Saremmo andati in California? Tutti insieme?

"**ANDREMO A HOLLYWOOD**... ma ovviamente dovremo convincere i nostri genitori!" confermò il nostro minicapo. A Hollywood sono stati girati tutti i film e le serie tv che avevano sempre riempito le mie giornate. Forse avremmo visto qualche set e qualche attore.

SUPERMEGAWOW!!!!

Per un attimo mi immaginai a pranzo con **GEORGE LUCAS** mentre mi raccontava i segreti di **STAR WARS.**

Giorno 9 ottobre

Caro *Diario*, ormai sai che ho la tendenza a **combinare guai**.

Non trovavo corretto il voto che il **PROFESSOR GRAY** mi aveva rifilato senza una giusta ragione. Non me lo meritavo.

Il suo odio nei miei confronti era palese. Dovevo reagire. In **Big Hero 6**, anche **BAYMAX** da coccoloso e rassicurante uomo-palla, da infermiere universale, quando si emozionava **SCENDEVA IN CAMPO E DECIDEVA DI COMBATTERE IL CRIMINE.** Il chip sanitario gli impediva di danneggiare qualsiasi essere vivente in modo grave. Ma se veniva tolto e si lasciava solo quello da combattimento, **BAYMAX** entrava in modalità "*Berserk*" (con occhi color rosso acceso) in cui era una vera e propria macchina da guerra, *inarrestabile* fino al compimento dell'obiettivo assegnatogli. Ecco, io **PHIL IL NERD,** in quel momento ero entrato in modalità "**BERSEK**" e adesso il **PROFESSOR GRAY** doveva restituirmi quello che era mio:

IL VOTO CHE MERITAVO.

La campanella era appena suonata.

Tutti uscivano da scuola. Pochi minuti prima, dal professor **Gray** mi ero beccato l'ennesima predica di quanto sciocchi e **INUTILI FOSSERO I NERD.**

"Il problema di certi **NERD** secchioni è la loro presunzione. Si credono dei supereroi solo perché hanno letto qualche comic book della **Marvel** e della **Dc Comics**, o si credono immortali perché magari hanno visto qualche puntata di **THE WALKING DEAD**. Cari **NERD**, e parlo a voi, **Nicholas** e **Mr. Phil Dick**, **NON SIETE SUPEREROI** e a **VOLTE LA VITA NON VA SECONDO I VOSTRI PIANI**..." disse Gray prima che la lezione finisse. Non replicai per paura dell'ennesima punizione. Lui si aspettava una mia reazione per potermi espellere.

Dovevo intervenire subito e rialzare la media dei miei voti. Perché il professore voleva umiliare i NERD?

Entrai di nascosto nell'aula di informatica.

AVEVO POCHISSIMO TEMPO PER COLLEGARMI AL SERVER SCOLASTICO e RIMETTERE A POSTO L'INGIUSTIZIA CHE AVEVO SUBITO.

Accesi il pc e mi collegai AL SERVER INTERNO con un'app che mi permetteva di analizzare in pochi minuti le possibili password in dotazione al professor Gray. Con il suo account ebbi accesso al REGISTRO VOTI. Non avevo mai fatto una cosa del genere, ma quell'essere arcigno si meritava la mia vendetta. Pochi secondi dopo mi ripresi la lode che meritavo. Era Mia!

Sentii uno strano rumore e quasi urlai dalla paura. Come un drone, lasciai il mio sguardo sorvolare l'intera stanza e mi calmai solo dopo essermi accertato che non ci fosse nessuno dentro. PER FORTUNA!

SE QUALCUNO MI AVESSE VISTO, SAREI STATO ESPULSO E LA MIA CARRIERA SCOLASTICA SAREBBE FINITA SOTTO TERRA, INSIEME AI TREMORS.

Andai via ed ero felice perché avevo ridato alla mia pagella la sua dignità.

Ora dovevo solo capire perché il professor Gray odiava i NERD.

PAUSA NERD! CHI SONO I TREMORS?

Non conosci i tremors? Ovvio! Ne parlo perché da vero nerd ho visto tutti i film di fantascienza degli anni '80 e '90. I tremors sono alcune strane e gigantesche creature sotterranee, simili a enormi vermi, e scorrono per il deserto mietendo vittime tra il bestiame. Questi mostri venuti dalle viscere della terra sono ciechi, ma, dotati di udito sensibilissimo, sono attratti dalle vibrazioni di superficie e divorano uomini e animali.

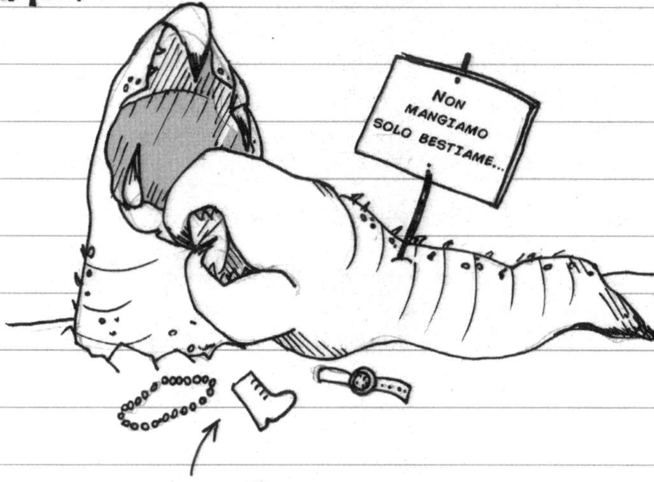

Giorno 10 ottobre

Era domenica, volevo dormire un po' più del solito e dimenticare quello che avevo fatto. NON OSAVO PENSARE ALLA PUNIZIONE che i miei genitori mi avrebbero dato SE SOLO MI AVESSERO SCOPERTO.

Mi rigiravo nel letto e mamma continuava a strattonarmi. "SVEGLIATI! In salotto c'è Big Mind Kill e sembra abbastanza agitata!" mi disse senza mezzi termini. Per un attimo ebbi paura che a scuola mi avessero spiato.

Mi alzai in fretta e furia e, con addosso la mia maglietta del Punisher, mi fiondai da lei.

Mitico eroe Marvel creato sempre dal sorridente Stan Lee.

"COSA SUCCEDE?" le chiesi nervosamente.

Era pallida come uno zombie e, se era di fronte a me di domenica mattina, dovevamo essere in mezzo a un GRAN BEL PROBLEMA! Big Mind Kill aveva in mano il suo tablet e lo accese.

Aprì **Facebook** e mi invitò a leggere.
Mi trovai di fronte al profilo di SKeLetor.
Risi come se stessi vedendo una nuova puntata di **ADVENTURE TIME**.

SKELETOR

"CHE TIPO SARÀ MAI UNO CHE SI FA CHIAMARE SKELETOR? Non dirmi che vedeva il cartoon di He-Man? Era una cosa già orribile negli anni '80. Almeno a sentire il parere di mio padre! Anche lui era un **nerd**!" pensai ad alto volume.
"Si fa chiamare SKeLetor perché è veramente infido e a New York tutti hanno paura di lui... è uno degli **hacker più terribili e senza scrupoli**.

Ha 17 anni e non prova emozioni, non lo scalfisce niente. È **UN VERO GENIO** e da piccolo diceva che il suo unico vero padre è **Algoritmo**. SKELETOR è la matematica fatta persona, non l'ho mai visto uscire da casa o staccare gli occhi dai libri o dal suo computer!

"**Non ha mai avuto rapporti sociali** e si diverte solo a creare terrificanti virus informatici..." precisò **Big Mind Kill**.

"E cosa c'entra con noi?" chiesi un po' spaventato.

"Leggi il suo nuovo post!" urlò **BIG MIND KILL**.

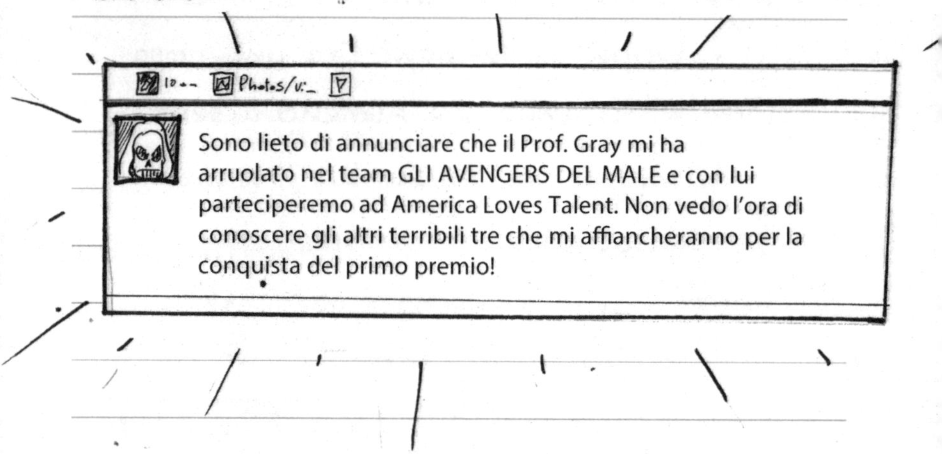

Non avevo parole! Il professor **Gray** sarebbe stato il coach degli **AVENGERS DEL MALE**, un superteam che aveva messo in piedi per combattere contro i **PING PONG THEORY**. Ogni dubbio era stato spazzato via: il mio insegnante odiava me e i **NERD** e la cosa mi faceva **REALMENTE PAURA!**

IL PROF. Gray era UN vero genio del Male. Anticipava ogni mossa dei suoi nemici e ora avevo capito che io ero uno di loro!

IL DIARIO DI PHIL

CAPITOLO SECONDO

Non entrate in quegli studios!

Ok. Ho sbagliato... Ma quando avrò ottant'anni,
probabilmente imparerò tutto della vita.
Il problema sarà ricordarmelo!

Giorno 19 ottobre

Hai presente *Now you see me 2*, quel film dove ci sono dei maghi e mentalist che devono vedersela contro il figlio di Arthur Tressler, Walter, che cerca di vendicarsi dei "QUATTRO CAVALIERI" dopo la sconfitta del proprio padre? Io volevo fare lo stesso con il professor **Gray** e vendicarmi di lui. Era finalmente uscito allo scoperto e il suo odio per i **NERD** mi aveva reso furioso come quella volta che mia mamma mi aveva interrotto in un duello di **Clash Royale**, e per colpa sua ero retrocesso d'Arena.

Per un attimo ho creduto che la mia pancia fosse una centrifuga: mi venivano su rancori che non ricordavo neanche di possedere!

"**SVEGLIATI!**" mi urlò **BIG MIND KILL**, mentre stavamo per imbarcarci con i nostri genitori sull'aereo per Los Angeles. Ero impaurito e arrabbiato allo stesso tempo, e non mi accorsi che era arrivato il momento di andare con i miei amici

e la mia famiglia ad **HOLLYWOOD**.
Mio padre, il **SOLITO STRALUNATO**, venne fermato al **METAL DETECTOR** dell'aeroporto. All'ingresso dei controlli, scattarono tutti gli allarmi possibili e **UNA SQUADRA SPECIALE ANTITERRORISMO** lo scaraventò per terra. Mia madre, come tutti gli altri adulti che viaggiavano con noi, sgranò gli occhi e nella sua faccia si lesse: «**LO SAPEVO CHE C'ERA QUALCOSA CHE NON ANDAVA IN MIO MARITO!**».
George, appena vide papà steso per terra, con un fucile puntato addosso, liberò il suo solito sarcasmo e mi domandò: "Tuo padre si

Mio papà si era portato UN enorme peluche di ALF. ALF è il protagonista di una sitcom con elementi fantascientifici prodotta negli Stati Uniti dalla NBC e andata in onda sulla stessa emittente dal 1986 al 1990.

è portato dietro uno dei suoi **ALIENI?**".
C'ERA POCO DA RIDERE, ma il mio amichetto aveva ragione.
La polizia chiese al mio "vecchio" perché un adulto avrebbe dovuto imbarcare un pupazzo enorme di **ALF** (UN ALIENO PROTAGONISTA DI UNA SITCOM AMERICANA DEGLI ANNI '80), e mio padre, senza pensarci, rispose: "**Sono fra noi e sono buoni!**".
Parlare con lui ERA COME ANDARE IN DISCESA SU UNA BICICLETTA SENZA FRENI.
Era impossibile fermare Lenny o tantomeno controllarlo.
La polizia lo **SCAMBIÒ PER UN FOLLE** e lo scaraventò per terra. Lui, per paura che potessero strappare il **peluche**, alzò la voce agli agenti, ma non si rese conto di peggiorare la situazione.
"**Non apritelo!** Lui rappresenta gli alieni buoni!" urlò.
ERA EVIDENTE IL SUO AMORE PER ALF.
Mio papà non si è mai accorto che il mondo **è fatto di regole**. Il suo guardo è

sempre stato rivolto verso l'alto, alla ricerca dei mondi e delle astronavi che farebbero la sua felicità. Forse **NON È PIÙ ABITUATO ALLA REALTÀ.** È un uomo difficile da comprendere, ma per questa stessa ragione è adorabile. **GLI ALIENI PER LUI SONO COME LA MATEMATICA PER ME.**

Mia mamma era divertita e impaurita allo stesso tempo. Conosceva Lenny e sapeva che lui **era come un game**: talvolta andava in GAME OVER e spesso riusciva a farci entrare "nei livelli superiori". **Marylin, alias mia mamma, PER CALMARE I POLIZIOTTI** ed evitare di creare ulteriore panico fra i genitori dei miei amici, si avvicinò **al capo della polizia** e gli sventolò una delle t-shirt che l'avevano resa famosa.

Mr. T assomigliava ad **ADAM SANDLER**. Hai presente l'attore di **Pixel** e **Un weekend da bamboccioni?** Lui **SEMBRAVA SUO FRATELLO GEMELLO**, se non fosse stato per il dente d'oro, che invece era quello tipico dei rapper. Il poliziotto sembrava un tipo burbero, ma quando vide mamma con una delle sue t-shirt, si mostrò disponibile.

"**Buono con chi è buono?**" le disse, come se volesse farle capire che conosceva lo slogan delle t-shirt che l'avevano resa famosa sul web.

L'uomo guardò mio padre e capì che c'era stato un disguido.

"**È SUO MARITO?**" le chiese Mr. T.

"Sì... controlli pure il peluche che ha portato con sé, **lui non farebbe male a una mosca**. **AMA GLI ALIENI** e trova adorabili *i film e le sitcom in cui gli extraterrestri sono buoni* e non fanno paura!" gli spiegò mamma.

Il poliziotto prese in mano il peluche di **Alf**, lo passò nel **METAL DETECTOR** e, quando vide che era solo un pupazzo, si scusò per il frainteso. Spiegò che i controlli **ERANO NECESSARI** per garantire la nostra sicurezza.

Mio padre, incurante di tutto, riprese in mano il suo peluche e disse: "**LA GUERRA DEI MONDI**, il film con **Tom Cruise**, dove gli alieni arrivano e se la prendono con tutti fa proprio schifo! **W Alf!**!".

I genitori dei miei amici **RISERO A CREPAPELLE** e certamente non fu facile spiegare loro che quella stessa persona che sembrava un folle era il **vincitore del premio letterario "miglior scrittore di romanzi sugli alieni"**.

Giorno 20 ottobre

Ad **HOLLYWOOD** eravamo in un hotel con 2 camere comunicanti. Io dividevo la cameretta con mia sorella. I miei genitori, nella stanza accanto, dormivano già come ghiri! Mio padre indossava il suo pigiama di **Iron Giant** (il suo cartoon preferito) e mia madre una sua t-shirt con sopra disegnati tutti noi vestiti da **Fantastici Quattro.**

LA NOSTRA FAMIGLIA ERA PROPRIO STRANA e, sicuramente, per la stessa ragione era **unica!**

Elen **STUDIAVA I CURRICULA DI CHI AVREMMO DOVUTO AFFRONTARE** al **talent show**.

"Phil, voglio analizzare per bene **GLI AVENGERS DEL MALE** e capire i **LORO PUNTI DEBOLI**. Tutti hanno dei punti deboli e, di solito, per i nostri avversari, **IL PEGGIORE SONO IO!**" disse con il suo solito sarcasmo da quarantenne la bimba di 9 anni.

i Miei genitori dormivano.
Papà mi ripeteva sempre che nei suoi sogni gli umani erano in bianco e nero e gli alieni a colori. Il suo pigiama con Iron Giant era inconsueto per uno della sua età, ma a lui non importava! Gli interessava solo essere felice con noi e i suoi "alieni".

"Sono preoccupato..." le risposi. "Stiamo per andare ad **America Loves Talent** e dovremmo vedercela con degli adulti. **NON È PROPRIO COME IL TORNEO SCOLASTICO DI MATEMATICA!**".

"Devi avere fiducia. **Io sono le ruote della vostra bicicletta** e vi porterò a destinazione!".

Mi sdraiai sul letto ed Elen tirò fuori il MacBook e la piccola stampante portatile. Cominciò le sue ricerche e, dopo poco, arrivò da me con le schede stampate.

"Ora sappiamo con chi ce la vedremo e chi ha arruolato il tuo caro **Professor Gray**." sentenziò fiera.

Presi la prima scheda.

"Il profilo di chi hai in mano è quello di **Mortimery**, detto anche **The Walking Dead**. Lui è un ventiseienne che viene da Pasadina e **SI VOCIFERA CHE SIA UN VERO ZOMBIE**. Non ha mai messo piedi fuori casa, neanche per far spesa.

SI LIMITA A COMUNICARE CON TWITTER e non ha mai superato i 140 caratteri. Pensa che sia superfluo dire troppo agli altri esseri umani. A 6 anni **ha stupito il mondo intero** risolvendo in soli tre minuti il **TEOREMA DI MATIYASEVICH**. **WIKIPEDIA** dice che lui è anche l'inventore di un virus capace di far sbucare un terzo occhio sulla fronte. Però, su quest'ultima affermazione, *la fonte non è certificata*".

Ero rimasto impaurito da **Mortimery- The Walking Dead**. Forse era meglio non sapere chi erano gli altri compagni di squadra.

"Stai scalpitando per sapere chi sono gli altri membri de Gli **Avengers del male?**" domandò mia sorella.

NON ERA PROPRIO COME IMMAGINAVA!.

Elen era più interessata a farmi paura che a dire con chi dovevo vedermela.

AVENGERS DEL MALE

Si dicono molte cose sul suo conto...
Lo chiamano The Walking Dead perché ama i film horror e si identifica sempre con i cattivi!
Odia tutti, a volte anche se stesso.

"Il secondo profilo è quello di **Miss Scream**.

Lei è una ragazza di 23 anni e indossa la maschera di Scream, quella del film di **Wes Craven** e dell'omonima serie tv. Vive a Lake City e anche su di lei, il web è pieno di storie.

SCHEDA:

NOME: Mortimery

SOPRANNOME: The Walking Dead

CARATTERISTICHE:
- auto-recluso in casa
- twitter addicted
- genio matematico

IN DEFINITIVA... Pericolosissimo!!!

Ho letto di come lei abbia trovato il codice d'accesso per entrare nel cavò di un casinò di **Las Vegas.**

In passato è anche stata assunta dal governo degli Stati Uniti **per verificare la contabilità dello Stato**, che ha controllato in poco meno di 6 ore. Dopo, però, ha postato tutto su internet, persino i documenti riservati e privati.

Lo ha fatto perché **lei ama creare il caos**".

Noi eravamo le persone più innocue del mondo. **Nicholas** e **George** al massimo avrebbero potuto intimorire una squadra di formiche. Potevo solo sperare nella forza mentale di **Big Mind Kill**.

SCHEDA:

NOME: Miss Scream

CARATTERISTICHE:
- Indossa sempre la maschera del film "Scream"
- Hacker famosa
- Odi a tutto e tutti

Ha 26 anni!

IN DEFINITIVA.... meglio starle lontani!

"Prima che ti metta a letto, è giusto che tu conosca anche le caratteristiche dell'ultimo componente del loro team.

Miss Scream

AVENGERS DEL MALE

NON SI TOGLIE MAI LA MASCHERA ISPIRATA A SCREAM, IL FILM DI WES CRAVEN. NESSUNO RICORDA COME SIA REALMENTE E NON ESISTONO SUE FOTO SUL WEB.

Si chiama VENOM SLIM. È proprio come VENOM, il nemico di SPIDERMAN, ma più magro. Ha cinquant'anni e ha fatto fortuna a Wall Street. Adesso è un uomo ricchissimo e **si diletta a impaurire chiunque si creda intelligente**. Indossa quell'orribile maschera del simbiota alieno e ANCHE LUI ODIA IL SUONO DELLE CAMPANE, perché da ragazzino i suoi amici gli avevano rubato la merenda vicino a una chiesa, proprio mentre suonavano le campane. Odia gli adolescenti, i saccenti e si diverte a fare GLI SGAMBETTI ALLE PERSONE ANZIANE".

ERANO ADULTI ED ERANO TUTTI TERRIBILI! COME LI AVREMMO MAI POTUTI SCONFIGGERE?

Avevano come allenatore il mio professore ed erano tutti già laureati, con delle conoscenze superiori alle nostre. Era come sfidare **MESSI** ai rigori. Per noi sarebbe stato più probabile incontrare per strada il **MOSTRO DI LOCHNESS** al guinzaglio di un bambino che vincere AMERICA LOVES TALENT.

AVENGERS DEL MALE

Venom Slim

Ancora 20 ottobre

QUANDO SI HA PAURA, LA NOTTE DIVENTA INFINITA. Per me i minuti passavano lentamente. Le ore sembravano mesi. **LA NOTTE ERA COME UNO SPECCHIO**

DEFORMANTE E RENDEVA I MIEI PENSIERI LUNGHI E SPESSO INDECIFRABILI.

La luna era come un pittore che conosceva solo il grigio.

Avevo paura di subire un'umiliazione davanti a un milione di persone.

I giudici di **America Loves Talent** non erano proprio dei simpaticoni.

David Hasspig, famoso perché negli anni '80 era stato l'attore protagonista di un'oscenità come **SUPERSPACECAR**, prendeva in giro tutti i partecipanti allo show. Era il peggiore e, pur non capendo nulla di matematica, giudicava i talenti scientifici o matematici in concorso. Era terribile e spesso sul suo profilo **Instagram** postava le foto con le facce **umiliate dei propri concorrenti**. Sembrava felice solo quando gli altri erano tristi.

GIÀ ME LO IMMAGINAVO IN POSA PER UN SELFIE CON ME MENTRE PIANGEVO DAVANTI AGLI AVENGERS DEL MALE.

Ero troppo ansioso e, se non fossi riuscito a dormire, **SAREI ARRIVATO STANCO ALLE PROVE**. Per addormentarmi cominciai a contare le pecorelle che saltavano lo steccato, ma non riuscii lo stesso a entrare nel mondo dei sogni. **Allora trovai più divertente immaginare non le pecore, ma i POKEMON che saltavano lo steccato.**

Era la variante **NERD** per addormentarsi! **Un ragazzino comune conta le pecorelle, un NERD i PoKemon!**

Caro *Diario*, in genere non sogno i personaggi che popolano i fumetti, le serie tv o i film che leggo. Sì, l'anno scorso sognavo **DART FENER**, ma non era proprio un sogno, piuttosto una visione. Lui era diventato **UNA SORTA DI MENTORE** che mi consigliava cosa fare e poi me lo ritrovavo accanto durante il giorno.

La notte del 20 ottobre avrei volentieri parlato con **DART FENER**. Forse mi avrebbe dato un consiglio per non farmela sotto. Invece, quella notte venne a farmi visita un essere

che non avrei mai immaginato.

Prova a indovinare...

NON ERA UN GORILLA.

Quindi non era King Kong.

NON ERA UNA SCIMMIA.

Quindi non era Cesare de IL PIANETA DELLE SCIMMIE.

NON ERA UN SUPEREROE SCEMO.

Deadpool non si era fatto vivo.

NON ERA UNA RANA CHE SI DIVERTIVA A SPEZZARE FILI.

Quindi non era Cut the rope.

Ok, non la tiro per le lunghe!

Era un alieno!

Ma non quel poltrone di un extraterrestre ultracentenario proveniente dall'area 51 che Stan di AMERICAN DAD ha preso con sé.

ERA QUALCOSA DI PIÙ MITICO!

Era E.T., proprio lui, o qualcosa che assomigliava tanto al protagonista di quel vecchio film diretto da STEVEN SPIELBERG.

Appoggiò la sua lunga mano con tre dita vicino al mio iPhone e disse:

"Telefono casa".

Pensai che la chiamata mi sarebbe costata troppo

E GLI CHIESI SE POTEVA FARLO TRAMITE VIBER, COSÌ NON AVREI PAGATO.

Lui si mise a ridere e ribatté con un secco: "SPIRITOSO!".

Ehi, avevo di fronte E.T., icona Extraterrestre, e l'unica cosa che riuscii a dirgli fu di non telefonare con il mio iPhone.

"**RAGAZZO, GUARDAMI IN FACCIA!**" mi rimproverò l'alieno, quasi arrabbiato. Me lo ricordavo più dolce e accondiscendente.

"**CERCA L'ASTRONAVE PER LA CASA E L'EQUILIBRIO DELLA VITTORIA**" sentenziò alla fine.

Cosa voleva dire?

Lui rimase in silenzio e io nel dubbio.

TI CONSIGLIEREI
VIBER, E.T.!
MOLTO PIÙ ECONOMICO!
TELEFONO
CASA!
HI!

Alludeva al fatto che avevo camuffato i voti scolastici?

Appena mi avvicinai a lui per chiedergli ulteriori spiegazioni, l'alieno sparì e mi ritrovai solo con i miei dubbi.

Giorno 21 ottobre

Mi svegliò l'abbaiare di **Teo**, il mio cagnolino ringhiava contro il tablet. **PASSAVA ORE DAVANTI ALLO SCHERMO DELL'IPAD A LEGGERE IL QUOTIDIANO ON LINE.**

"**ALMENO NON POSSONO DIRE CHE NON È RIMASTO NEANCHE UN CANE A LEGGERE CERTI GIORNALI!**" gli dissi, stupito nel vederlo in camera nostra.

Mio padre l'aveva inscatolato e spedito con Feedex e prontamente lo avevano consegnato in poco meno di 24 ore.

"Ma perché non l'abbiamo **PORTATO CON NOI** in aereo?" gli chiesi ragionevolmente.

"Non c'era **SPAZIO**. O portavo il peluche di **Alf** o imbarcavo **Teo**!

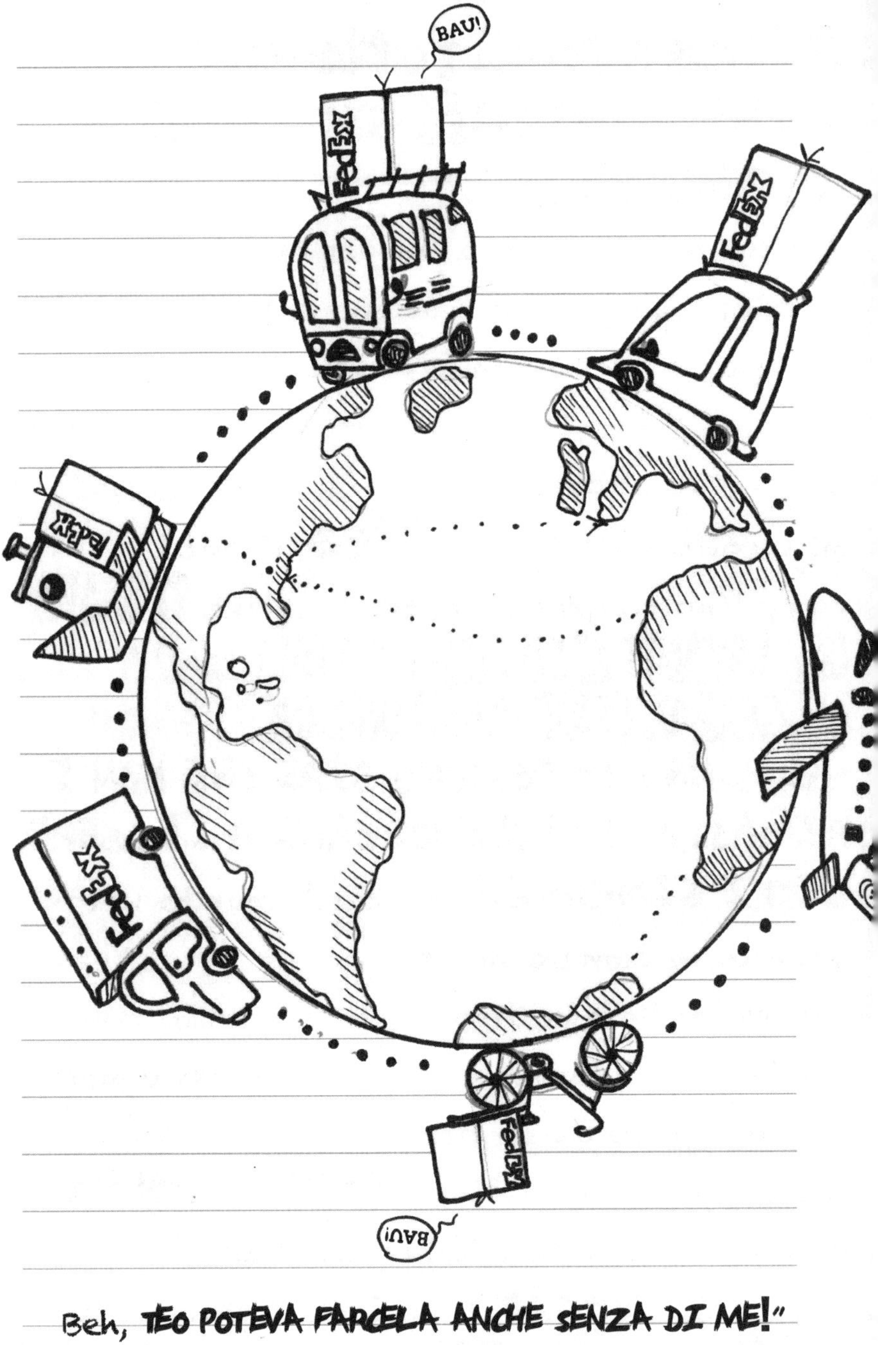

Beh, **TEO POTEVA FARCELA ANCHE SENZA DI ME!"**

mi rispose papà con la sua solita "logica".

Ero **felice** di rivedere il mio **cane** "**decisamente anomalo**".

Prima di scendere nella hall dell'albergo per far colazione, volevo accarezzarlo e giocarci un po', ma lui sembrava più interessato alle strips on line di **Snoopy** che a leccarmi.

il viaggio di TEO!

ERA PROPRIO UNO DELLA FAMIGLIA!

Come tutti noi viveva in una dimensione tutta sua! Mi allontanai da lui e due secondi dopo ricevetti un messaggio sul mio iPhone.

CHI POTEVA ESSERE?

Mi trovai un'immagine di Teo sorridente con il testo: "**Buona fortuna Mr. Matematica**".

Era il suo modo per incoraggiarmi e sostenermi! Come riuscisse a spedire e-mail senza dita era proprio un mistero!

Giù ci aspettavano gli altri componenti del gruppo con i loro genitori. Non vedevo l'ora di incontrare **Big Mind Kill**. Amavo **GUARDARLA NEGLI OCCHI** e parlarle. Solo l'idea di averla vicino, mi faceva battere **IL CUORE** all'impazzata. **LEI ERA COME UN ARCOBALENO** con un colore in più, **QUALCOSA DI "PIÙ SPECIALE" DELLO SPECIALE**.

Era seduta al tavolo con i suoi genitori, due tipi che sembravano usciti da un libro d'arte. Erano entrambi due pittori e i **LORO VESTITI ERANO COME LA TAVOLOZZA SU CUI SPALMAVANO TUTTI I COLORI**.

Guardai **BIG MIND KILL**, ma lei aveva gli occhi fissi sul libro di matematica che aveva portato con sé. Studiava come se avesse dovuto sostenere un esame decisivo per il futuro della sua vita.

"Il talent show **è solo un gioco!**" le ricordai.

Lei alzò lo sguardo e ricambiò il sorriso.

"**Il talent lo è, ma io studio perché mi piace!**" precisò.

ERO MERAVIGLIATO DALLA SUA DETERMINAZIONE E COSTANZA.

Era come vedermi allo specchio, ma in un corpo fantastico.

Se i miei silenzi fossero state icone, **LEI AVREBBE VISTO MILLE CUORI SVOLAZZARLE VICINO.**

"**Sei pronto per il tour negli studios di Hollywood?**" mi domandò.

Ero felice di vederla interessata a me.

"Ovvio, la produzione ci porterà in giro per i **SET DEI VARI FILM** e delle serie tv!".

In quel momento pensai che con lei sarei andato a guardare anche il set di **Twilight**, nonostante quel film mi avesse impaurito (per quel poco che ero riuscito a vedere).

Finita la colazione andai in bagno, anche perché dopo **AVREI COMINCIATO IL TANTO ATTESO GIRO NEGLI STUDIOS** nei quali erano rimaste parte delle scenografie di vecchi classici.

Mi lavai le mani e allo specchio vidi riflesso il volto di **DART FENER**. Saltai in aria.

"**Aiutooo! Sei tornato?**"

domandai dopo un momento di enorme paura.

DART FENER non lasciò trasparire alcuna emozione (la maschera non aiutava a capire cosa stesse pensando).

"SONO PASSATO DALLE TUE ZONE PER UN CAMEO!" mi rispose.

Non capii cosa volesse dire.

"**LASCIA STARE, MOCCIOSETTO. RINGRAZIA IL CIELO SE MI SONO RICORDATO DI TE. DA QUANDO HO DECISO DI STARE ALLA LARGA DA HOLLYWOOD, HO APERTO UN PUB IN** IRLANDA **E COSÌ HO MOLTO DA FARE.**"

"Irlanda?" chiesi sorpreso.

"**TUTTO PUR DI NON ESSERE COINVOLTO IN QUALCHE NUOVO FILMACCIO. HO PAURA CHE A QUALCUNO VENGA IN MENTE DI RIESUMARMI PER UNO DEI NUOVI SEQUEL- HAI VISTO LA FINE CHE HANNO FATTO FARE A IAN SOLO?** Qui **NON HANNO PIÙ RISPETTO PER LE ICONE DEL CINEMA**"

Come potevo dargli torto?!

"Hai ragione!!!"

Prova a parlare con **George Lucas**" gli consigliai.

"**MOCCIOSETTO, SCORDATI DI QUELL'UOMO. RICORDATI, UN NERD È SEMPRE UN NERD!**"

"Cosa vuoi dire?"

"**SENTI LE PAROLE DELL'ALIENO**".

"Sai di E.T.? Sei geloso?" domandai con un certo sarcasmo.

"**ANCHE I POWER RANGERS HANNO DEI FAN. È LEGITTIMO CHE TI PIACCIA QUELL'ALIENO, ANCHE SE ASSOMIGLIA A UN TELETUBBIES E NON FA PAURA NEANCHE A UN BAMBINO APPENA NATO**".

"Ok, darò peso alle sue parole!" dissi a **DART FENER**, che comunque rimaneva il mio primo mentore.

"**CERCA L'ASTRONAVE PER LA CASA E L'EQUILIBRIO DELLA VITTORIA**" mi ricordò prima di sparire.

Quelle erano le stesse parole che mi aveva detto E.T.? COSA VOLEVANO DIRE?

Quello del 31 ottobre fu uno dei **PIÙ BEI POMERIGGI DELLA MIA VITA** anche perché **in pochi metri quadrati avevo tutte le persone che amavo** (dai miei genitori ai miei amici). **LA CALIFORNIA HA UN SOLE DIVERSO DA QUELLO DI NEW YORK.** Se la città in cui vivo è una metropoli dotata di un'energia capace di far brillare anche le luci dei lampioni rotti, a Los Angeles è il sole che porta i colori e la gioia. **ERA UNA GIORNATA TIPICA DI LOS ANGELES**, dove il sole è il RE capace di far **sentire felici tutti gli abitanti del "regno"**.

Il network televisivo dello show, a cui avremmo dovuto partecipare, ci aveva regalato il tour negli studios. D'altronde, **ERAVAMO UN TEAM DI RAGAZZINI** e provenivamo dall'altra parte degli States. **NON CI AVEVANO ORGANIZZATO UN SEMPLICE GIRO AGLI UNIVERSAL STUDIOS**, che qualsiasi turista potrebbe visitare. Volevano mostrarci la **Hollywood vera**, quella che avrebbe scosso il sistema nervoso di QUALSIASI NERD!

Vennero a prenderci due guide veramente strampalate. Uno di loro era pienotto, con una barba incolta da mesi e lo sguardo da "fuori di testa". Indossava una t-shirt nera e un cappello girato al contrario. Si presentò immediatamente: "Mi chiamo Kevin e, nonostante sia bello, non sono JUSTIN BIEBER!"

Mio padre sgranò gli occhi appena lo vide.

L'altro ragazzo era biondo e indossava un giacchino sbottonato, sotto una t-shirt di Bob Marley e un cappello di lana non appropriato al clima.

"Mi chiamo Jason e cerchiamo di fare in fretta. Le mie fan mi aspettano!" disse con una certa strafottenza.

Mio padre cadde per terra, come se avesse visto un demonio. Mi avvicinai a lui per assicurarmi che stesse bene. Dopo qualche secondo, Lenny aprì gli occhi...

STAFF
STAFF

Con la voce tremolante disse: "**Hai visto chi sono quei due tipi?**"

Mi girai di nuovo verso Kevin e Jason e non notai nulla di strano, **SE NON DUE SCARTI DI HOLLYWOOD.**

"**Quelli sono Jay e Silent Bob!**" sentenziò mio padre.

"**CHI?**" domandai perplesso.

"**SONO UGUALI A JAY E SILENT BOB. SONO DUE NERD STRACOOL, SENZA DI LORO NON CI SAREBBERO I NUOVI NERD. LORO HANNO FATTO LA STORIA!**".

"Papà, gli anni '90 sono **FINITI DA UN PEZZO.** Torna fra noi!" gli urlai, sperando che, almeno per qualche ora, la sua follia rimanesse confinata all'interno del suo cervello.

"Tu non puoi capire! **LORO ERANO DEI MITI.** Erano **NERD**, lo specchio di tutti noi idioti dell'epoca!" continuò.

ERA PROPRIO IRRECUPERABILE!

MOMENTO NERD!

JAY & SALENT BOB

Chi sono in realtà!

Mio papà si è sbagliato e ha confuso Kevin con Salent bob e Jay con Jason. Ma vuoi sapere chi sono davvero quei due tipi molto strani? Te lo spiego perché loro sono stati due veri miti per papà. Anche se le loro storie sono per adulti, ti dico chi sono, così da vero nerd potrai imparare qualcosa in più!

Jay & Silent Bob sono una coppia di personaggi ideati dal regista statunitense Kevin Smith. Silent Bob (letteralmente "Bob il silenzioso", poiché non parla quasi mai) è interpretato dallo stesso Smith, mentre Jay è interpretato da Jason Mewes.

Divenuti popolari grazie al successo del primo film di Smith, Clerks - Commessi (1994), sono poi apparsi in tutte le pellicole appartenenti al View Askewniverse, ed anche in altri film, serie televisive e videoclip musicali, tra cui il

video "Because I Got High" di Afroman, il film "Scream 3" di Wes Craven e la serie TV "Degrassi: The Next Generation".
Jay & Silent Bob sono due teppistelli del New Jersey che trascorrono il loro tempo fuori da un negozio.
Jay ha circa trent'anni ed è alto circa un metro e ottanta. Ha capelli lisci, lunghi e biondi. Il suo tipico abbigliamento è un cappello di lana e vestiti da rapper.
Bob ha capelli medio lunghi, barba e indossa perennemente un cappello da baseball dei New York Yankees, un cappotto di lana verde scuro e parla raramente. Di indole molto buona e pacifica, asseconda Jay in tutti i suoi turpiloqui. Inoltre è un accanito fumatore. Il loro primo incontro è avvenuto quando erano ancora molto piccoli davanti al Quick Stop Groceries.
Sebbene siano solitamente personaggi di contorno, nei film in cui sono presenti fanno da tratto d'unione tra le varie storie della città in cui si trovano e dei loro abitanti. Con le loro trovate a volte demenziali, risultano essere protagonisti dei momenti più apprezzabili delle pellicole, tanto da aver spinto il loro creatore a girare nel 2001 un film interamente incentrato su di loro, Jay & Silent Bob... Fermate Hollywood!, e nel quale appaiono come personaggi secondari molti dei protagonisti delle pellicole precedenti di Kevin Smith.

A quel punto si avvicinò Jay e gli disse: "VECCHIETTO, DATTI UNA MOSSA E VIENI CON NOI... E SE STAI PENSANDO CHE NOI SIAMO **JAY & SALENT BOB**, DEVO DARTI UNA BRUTTA NOTIZIA: NON LO SIAMO!"

Quei due affascinanti ragazzi, dotati di **STRAORDINARIA BELLEZZA FISICA** e di un intelletto fuori dal comune, non sono delle semplici guide come noi. **Probabilmente staranno MERITATAMENTE su un set di una grandissima produzione CINEMATOGRAFICA**" argomentò senza mezzi toni.

Mio padre non gli credette. Per lui era evidente che **entrambi mentivano** e gli diede ragione solo perché gli piaceva l'idea di stare con i miti della sua adolescenza, per questo decise di sollevarsi da terra e seguirli.

"Bene, inizieremo il tour da un vecchio e leggendario set, dove potrete ammirare una delle più belle invenzioni del cinema!" cominciò **Kevin**.

Eravamo incuriositi e, quando lui aprì la porta di accesso al teatro di posa, RIMANEMMO TUTTI A BOCCA SPALANCATA. Ci trovavamo davanti alla DELOREAN di RITORNO AL FUTURO.

"Piccole bestiolette" aggiunse subito Jason "se non sapete cosa è **Ritorno al futuro**, Hollywood non fa per voi! Questa non è una semplice auto, è il geniale mezzo con il quale Doc e McFly viaggiano nel tempo!".

Nicholas, con il suo inconfondibile sacchetto sempre in testa, andò ad ACCAREZZARE l'auto, come se avesse di fronte un cucciolo piuttosto che un veicolo.

KEVIN GLI SI AVVICINÒ E TENTÒ DI TOGLIERGLI IL SACCHETTO, a quel punto George si fiondò sull'uomo per tentare di bloccarlo.

"LASCIA IL MIO AMICO!" gli urlò.

"VOGLIO VEDERE CHE RAZZA DI ALIENO SI NASCONDE SOTTO!" rispose Kevin, che sembrava impossessato.

...e questo è il modello 02... usato per la scena...

OO!!

"Alieno? Chi ha visto un alieno?" intervenne mio padre che, distratto dalla DeLorean, non si rese conto di nulla.

"Lasciami stare! Non voglio che vediate le mie emozioni!" gridò NICHOLAS, al che KEVIN lasciò la presa.

Elen mi guardò negli occhi.

NESSUNO DI NOI SI ERA MAI CHIESTO PERCHÉ NICHOLAS AVESSE DECISO DI VIVERE SOTTO UN SACCHETTO DI CARTA, ma oggi era stato chiaro: aveva paura di lasciar trasparire le sue emozioni.

Probabilmente era un ragazzino ipersensibile e spesso I NOSTRI COETANEI NON INTERPRETANO BENE LE EMOZIONI VERE E LUI NON VOLEVA GIUDIZI.

La mia era una semplice supposizione, ma Nicholas trovava conforto e protezione sotto il suo sacchetto. NON SAPEVO SE QUELLA FOSSE UNA COSA GIUSTA O SBAGLIATA. Lui era un mio amico e rispettavo le sue scelte.

"La DeLorean non è solo un'auto. È qualcosa che ci porta al di là del tempo, CI RACCONTA IL MONDO, LA SUA PERFEZIONE E L'IMPERFEZIONE UMANA!" intervenne Kevin con toni dotti.

Dopo 20 minuti di immersione nel mondo di Ritorno al Futuro, le due guide folli ci portarono in un altro capannone dove ancora c'era il vero Gizmo, il gremlins di Joe Dante.

"Prima di portarvi sui set dei film di oggi, vogliamo farvi ammirare un altro capolavoro del cinema fantastico. GIZMO È UNA CREATURA PERFETTA, A METÀ FRA UN ANIMALETTO, UN ALIENO E UN UMANO. LUI RAPPRESENTAVA L'INNOCENZA CHE SI FACEVA FORZA. Forse molti di voi non hanno mai visto il FILM, ma lui era una creatura che doveva seguire delle regole. Per esempio non bisognava mai esporlo alla luce, perché lo irritava: in particolare quella del sole, che lo avrebbe ucciso.

Non sai chi sono i veri mogwai?

Anche io come Billy vorrei ricevere per Natale un mogwai tenero e misterioso!

MOMENTO NERD!

CIAO, RAGAZZI!

Nel 1943 Roald Dahl scrisse un libro per bambini intitolato I Gremlins. Da ciò ne ricavò una sceneggiatura per un progetto avviato con la Disney che non vide mai la luce. Chris Columbus ha tratto l'ispirazione dal soggetto di tale film. La sceneggiatura iniziale di Columbus era molto più orrorifica e prevedeva una scena in cui la madre di Billy veniva uccisa dai Gremlins e la sua testa fatta rotolare per le scale, un'altra in cui il cane di famiglia finiva divorato dai Gremlins e una in cui i Gremlins assaltavano un McDonald's mangiandone i clienti e rifiutandone gli hamburger. Gremlins è un film del 1984, diretto da Joe Dante, su sceneggiatura di Chris Columbus. Steven Spielberg è il produttore esecutivo. Il film oltre ad essere stato un grande successo ha anche ottenuto positivi riscontri da parte della critica, in particolare per il suo perfetto bilanciamento tra commedia e horror.

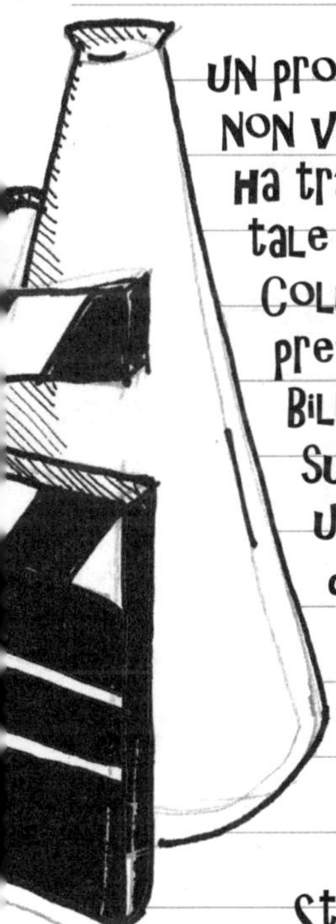

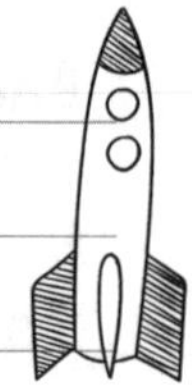

Un'altra regola diceva che non doveva mai bagnarsi: l'acqua dava il via al suo ciclo riproduttivo e lo portava quindi a moltiplicarsi. "Inoltre, non doveva mai essere nutrito dopo mezzanotte..." precisò Kevin prima di spalancare la porta che accedeva al set dove era conservata la STRANA CREATURA.

RIMANEMMO TUTTI STUPITI.

I genitori di George, due ingegneri fissati con la simmetria, due persone non molto affascinate dal mondo fantastico del cinema, rimasero immediatamente catturati dalla tenerezza di Gizmo.

Non avevano mai visto il film realizzato da Joe Dante, ma il loro cuore si sciolse quando scoprirono il piccolo Mogwai.

"La macchia bianca sul lato sinistro della faccia del piccolo Gimzo, non è simmetrica!" disse la mamma di George. Aveva ragione, ma NON CREDO CHE IL MONDO DOVESSE PER FORZA ESSERE SEMPRE IN

ORDINE O ALLINEATO.
"Però mi piace lo stesso!" aggiunse la donna.
George sorrise, **i suoi genitori stavano capendo la magia del "diverso"**.
Ero curioso di conoscere gli altri set e quando domandammo in quale "mondo" ci avrebbero portati, **JASON CON LA MANO FECE SEGNO di cucirci le bocche.**
Non stavamo più nella pelle.
Perfino **Big Mind Kill** aveva l'adrenalina a mille, nonostante fosse quella più brava a gestire le proprie emozioni.
Seguimmo Jason e Kevin e ci trovammo a **HOGWARTS**, nella scuola di magia e di stregoneria nella quale è ambientata gran parte della serie di **HARRY POTTER**.
Allora capimmo che **STAVAMO VIVENDO IL POMERIGGIO PIÙ FANTASTICO DELLA NOSTRA VITA.** Vedemmo **PRIVET DRIVE**, l'abitazione della famiglia Dursley, dopo **La Tana - la casa della famiglia Weasley**,

luogo dal calore domestico del tutto opposto a quello di Privet Drive.

Ci portarono anche in un angolo dove c'era parte della ricostruzione della **FORESTA**

PROIBITA, una fitta foresta che si estende ai piedi di Hogwarts per vari chilometri, al cui limitare sorge la capanna di Hagrid. Nella Foresta c'erano molte creature magiche tra

cui Thestral, Unicorni, Centauri, Acromantule (comandate da Aragog, il ragno che Hagrid nascondeva a Hogwarts quando era ancora uno studente) e molti altri personaggi.

Il pomeriggio continuò sul set di **Divergent**, **STAR WARS**, **Star Trek**, HUNGER GAMES e visitammo il set dove stavano per girare una clip musicale con **Ariana Grande**.

HOLLYWOOD ERA PROPRIO LA CASA DI TUTTI I SOGNI E LE STAR.

Ci eravamo riempiti la mente di immagini fantastiche. Chiesi a **Kevin** se potevano farci vedere **E.T.**, e lui mi rispose che la creatura pensata da **Steven Spielberg** e poi realizzata da **Carlo Rambaldi** era chiusa in uno studios iperprotetto, dove nessuno poteva accedere. Rimasi dispiaciuto, perché **SAREBBE STATO FANTASTICO TOCCARE IL VERO EXTRATERRESTRE E NON QUELLO CHE AVEVO VISTO IN SOGNO LA NOTTE PASSATA.**

Ma il mio E.T. era vero o era solo un'invenzione della mia fantasia?

Ero stanco e, prima di tornare in albergo, mi avvicinai a Big Mind Kill.

Non ci guardava nessuno, e io volevo trascorrere almeno pochi minuti con lei.

"Bello?" le domandai riferendomi al set visitato.

"BELLO!" rispose lei senza esitazione e poi aggiunse:

"come te!".

Come facevo con i tutorial su YOUTUBE, mi sarebbe PIACIUTO RIVEDERE la nostra conversazione infinite volte, per avere la certezza di aver sentito correttamente le sue parole.

BIG MIND KILL MI AVEVA FATTO UN complimento E IO ERO DIVENTATO COME UN marshmallow arrosto.

Giorno 1 novembre

Era il giorno della resa dei conti.
In Hotel la colazione era pronta da un bel po', noi un po' meno. Pur se le nostre menti erano già concentrate **sulla competizione**, eravamo in tranche. La tensione era evidente e ci aveva ammutoliti. Fra poche ore ci saremmo scontrati contro gli **Avengers del male**. Il talent show ci avrebbe reso famosi in tutto il mondo.
I nostri genitori in maniera carina ci incitavano. Presto avrebbero anche assistito allo show in diretta, insieme al pubblico che la produzione aveva già selezionato.
I produttori ci chiesero di scegliere dei costumi per il torneo. Non sapevamo cosa avrebbero indossato i nostri avversari, ma Elen aveva già deciso di vestirci con dei costumi da **ANGRY BIRDS**.

ERAVAMO PROPRIO BRUTTI DA VEDERE E ANCHE RIDICOLI.

George, che indossava il costume di **CHUCK**, l'uccello giallo dalla forma triangolare con il potere di fare uno scatto in linea retta se toccato in volo, si rivolse ad **ELEN**: "**MA NON POTEVI TROVARCI UNA COSA CHE FACESSE PIÙ PAURA? QUALCOSA CHE INTIMORISSE MAGGIORMENTE I NOSTRI AVVERSARI? FORSE SAREBBE STATA PIÙ UTILE!**"

AVEVA RAGIONE.

Non davamo l'impressione di essere forti e al massimo, con quei costumi, avremmo intimorito solo gli insetti.

"**È UNA STRATEGIA!**" replicò seccamente mia sorella.

Lei indossava il costume rosso di **RED**, il capo del gruppo. "A vedermi, come Red, non ho nessun potere... però, se ricordate bene, lui è stato **IL PRIMO A CAPIRE COSA TRAMAVANO I MAIALI!**" disse Elen.

i terribili Pin

...INDOVINATE CHI?

ECCO LA FINE DI UN NERD DALLE GRANDI POTENZIALITÀ!

...ELEN

Pong Theory

Sembravamo dei folli e, cosa ancora peggiore, i nostri ragionamenti erano incomprensibili persino a noi stessi.

A **BIG MIND KILL**, che non amava gli **ANGRY BIRDS**, le era stato dato il costume di **BOMB**, l'uccello ovale tutto nero. Per questo lei reclamò: "NON HANNO PROPRIO SENSO QUESTI COSTUMI..."

ELEN aveva previsto ogni domanda e prontamente rispose: "Tu come **BOMB**, che poco dopo essere atterrato esplode, sarai utile per distruggere gli "oggetti rocciosi".

NOOOO!

MIA SORELLA PARLAVA COME UN CARTOON!

Aiutoooo!

Nicholas indossò i panni di **BUBBLES**, l'uccello arancione di piccole dimensioni che ha **IL POTERE DI GONFIARSI DIVENTANDO GIGANTE** quando lo si tocca, per poi sgonfiarsi in una scia di piume.

Il mio timido amico non si permise di commentare, al che **ELEN** lo incalzò: "So cosa stai pensando... e tu, come **BUBBLES**, farai uscire la tua timidezza e diventerai un gigante".

IO ERO IL PIÙ BRUTTO DI TUTTI e sembravo una gallina con **IL COSTUME DI MATILDA**, l'uccello bianco con il potere di espellere uova che esplodono come bombe quando viene toccato in volo.

I nostri genitori ci guardarono come se avessero di fronte **BIG FOOT** e **RIMASERO SENZA PAROLE**.

Solo papà non manifestò emozioni. Era letteralmente rapito dalla lettura del quotidiano on-line. In perfetto stile comic book anni '80, improvvisamente spezzò il suo silenzio, esclamando ad alta voce: "**Perbaccolina**!".

Tutti noi lo guardammo divertiti e sbottammo in una fragorosa risata.

Era preoccupato e, per paura di essere frainteso, si spiegò subito: "C'è **poco** da ridere! **Questa notte molti** studios sono stati rapinati e sono spariti gli OGGETTI CULT amati dai NERD DI TUTTO IL MONDO. È stata rubata la DELOREAN e il casco di DART FENER. I ladri, non contenti, hanno fatto visita alla villa di GEORGE LUCAS e hanno preso R2D2 e C3PO".

Rimanemmo tutti in silenzio. Il rapinatore quanto avrebbe potuto guadagnare dalla vendita di una DELOREAN che non viaggiava veramente nel tempo? Chi comprerebbe una maschera rubata di DART FENER? Se il ladro non era uno

sprovveduto, sapeva perfettamente che non avrebbe ricavato nulla dal furto.
Il suo era stato un dispetto e un duro colpo per il **MONDO DEL CINEMA E DELLA** televisione.

"Hanno rubato anche la bacchetta magica di **HARRY POTTER! QUELLA ORIGINALE!**" continuò mio padre tramortito.
Era dispiaciuto perché lui era stato un **NERD** e capiva il valore di quegli oggetti, importanti per quel che

rappresentavano piuttosto che per quel che valevano economicamente.

BIG MIND KILL si avvicinò a me, mi abbracciò e poi disse una frase che mi lasciò riflettere: "CHI POTREBBE RUBARE DELLE COSE CHE PIACCIONO SOLO A UN NERD?".

Poche ore dopo entrammo negli Studios.

Ero triste perché erano spariti anni di sogni e la gente non avrebbe potuto più toccare con le mani gli oggetti cult che avevano riempito le fantasie di diverse generazioni.

SIMON, il creatore dello show, entrò sul palco per ricordarci che nel mondo oltre 7 milioni di persone seguivano AMERICA LOVES TALENT. Tornai con la mente al presente e decisi di accantonare la triste notizia dei furti.

Avevo bisogno di bere dell'acqua e chiesi dove avrei potuto trovarla. KEVIN e JASON erano sul set del talent e, sincronizzati, mi indicarono il distributore.

"Alla fine, a destra, trovi un distributore di bibite." dissero all'unisono.

MI TRASCINAI SCONSOLATO, con la speranza che una cola mi avrebbe tirato su.

Vicino al distributore delle bibite incontrai nuovamente **E.T.**

"**Ci si rivede!**" mi disse con una strafottenza che non avrei mai immaginato potesse appartenere a un alieno.

"**HAI CERCATO L'ASTRONAVE PER LA CASA E L'EQUILIBRIO DELLA VITTORIA?**"

"Ancora tu?" risposi.

"Il tempo corre e, se vuoi farcela, **cerca l'astronave per la casa e l'equilibrio della vittoria**!"

Continuavo a non capire a cosa si riferisse.

Io **VOLEVO VINCERE** e basta!

"**DART FENER** parlava di più e non si divertiva con questi stupidi indovinelli!" ribattei.

"Il cielo è pronto, ma serve l'equilibro della **VITTORIA!**" continuò **E.T.**

Credo che l'alieno avesse seri problemi di comunicazione.

"**PHIL! PHIL IL NERD** dov'è?" urlò Jason. Il regista mi cercava e non mi ero accorto del tempo trascorso.

Presi la mia cola e corsi velocemente in postazione, per cominciare la gara contro gli **Avengers del Male**.

"Fra poco saremo in diretta tv. Ragazzini, sapete cosa vuol dire? È come stare in streaming dal vivo. Quindi se sbagliate, non ripetiamo. QUI È SEMPRE BUONA LA PRIMA!" urlò Quentin, il regista dello show, UN TIPO CHE NON SI STACCAVA MAI DALLA SUA STATUETTA dell'Oscar, ricevuta dieci anni prima.

Si spensero le luci e una voce ci invitò a rimanere in silenzio. Partì la sigla dello show e dopo si riaccesero i riflettori che finirono dritti sul volto di RHIANNA. Lei era la conduttrice di AMERICA LOVES TALENT. Era bellissima e amava ripetere in maniera ossessiva a tutti i partecipanti: "SORRIDI, SORRIDI, SEI SU AMERICA LOVES TALENT".

Era un po' ESAGERATA, ma SIMPATICA e, anche questa volta, per non smentirsi, esordì con la sua frase mito: "Sorridete voi da casa, sorridete voi del pubblico in sala e sorridete voi concorrenti...

HOLLYWOOD

"QUESTA È HOLLYWOOD, LA TERRA DEI SOGNI ALCUNI SI REALIZZANO ALTRI NO, MA VO CONTINUATE A SOGNARE"

DAL FILM "PRETTY WOMAN
DI GARRY MARSHAL

Sai la vera storia di E.T.?

MOMENTO NERD!

Una notte, una misteriosa astronave atterra nel bel mezzo di una foresta della California, e da essa scendono un gruppo di botanici alieni, che iniziano a prelevare campioni di vegetazione. All'improvviso giungono sul posto degli agenti del governo, che mettono in fuga gli alieni, i quali prendono il volo con la loro nave spaziale, ma involontariamente lasciano indietro uno di loro, abbandonandolo sulla Terra. Nel frattempo, in una villetta suburbana di Los Angeles, un bambino di nome Elliott, di nove anni, che ha un misterioso padre in Messico per lavoro, trascorre la serata con suo fratello maggiore Michael e gli amici di questo, impegnati in una partita a Dungeons & Dragons. Quando esce a ritirare una pizza, Elliott viene attirato in uno sgabuzzino da rumori sospetti, che in un primo momento attribuisce al suo cane, ma in seguito si scopre essere l'alieno, il quale prontamente fugge. Nonostante la famiglia non gli creda, il ragazzo lascia delle caramelle sparse nella foresta, in modo da condurre l'alieno da lui. Una sera l'extraterrestre fa visita a Elliott, consegnandogli i dolcetti, e questo, entusiasta, nasconde l'alieno nella sua stanza per non farlo vedere alla famiglia...

Sorridete tutti perché siete su AMERICA LOVES TALENT!".

Uno scrosciante applauso seguì e la pausa le permise di riprendere fiato.

"OGGI VI PRESENTEREMO UNO SCONTRO INCREDIBILE fra un gruppo di ragazzini innocui e una terribile squadra di adulti. Chi dimostrerà più TALENTO PER LA MATEMATICA? SORRIDETE, perché è IL MOMENTO DI CONOSCERLI!" disse RIHANNA.

I riflettori incontrarono i nostri volti e la temperatura si alzò. Il calore delle lampade non permetteva di respirare e i nostri costumi piumati non erano proprio da spiaggia.

"Loro sono i PING PONG THEORY e vengono da New York City. Sono capitanati dalla PICCOLA E INDIFESA ELEN!" continuò la showgirl. Mia sorella l'avrebbe volentieri riempita di torte in faccia perché non amava essere definita "piccola e indifesa". Il suo sguardo, pieno di rabbia, non riuscì a nascondere la disapprovazione per le parole di Rihanna.

"**SORRIDI, SORRIDI PICCOLA** e tutti insieme facciamo un applauso a **Elen**, **George**, **Nicholas**, **Big Mind Kill** e Phil, **Phil IL NERD**" incalzò la presentatrice. Elen ingoiò e stette al gioco.

L'applauso caloroso del pubblico ci colse di sorpresa.

I nostri vestiti ridicoli, la nostra giovane età e un **COACH COSÌ PICCOLO** ci avevano resi simpatici al pubblico presente in sala... e probabilmente anche a quello che ci seguiva da casa.

LA STRATEGIA DI ELEN NON ERA FOLLE.

"Ci siete? Adesso è il momento di spostare l'attenzione sugli **AVENGERS DEL MALE!** Sono adulti e ragazzi e sono capitanati dalla mente geniale del **PROFESSOR GRAY**.

Hanno scelto di vestirsi da...

LORO STESSI!

UORIIIIII!!!
OOOOOO!!!

ANDATE VIA!
SORRIDETE
UTTI! SIETE SU
ERICA LOVES
TALENT!

Si sono mascherati da incubi del cinema e della tv: **SKELETOR**, **MISS SCREAM**, **MORTIMERY** alias **The Walking Dead**, **VENOM SLIM** e il **PROFESSOR GRAY** sono qui per umiliare gli indifesi ragazzini dei **PING PONG THEORY**!" continuò Rhianna.

Un forte

BOOOO

seguì la presentazione del Team degli **AVENGERS DEL MALE**.

Il pubblico li odiò immediatamente. Erano antipatici, saccenti e incutevano timore.

"**SORRIDETE TUTTI! SIETE SU AMERICA LOVES TALENT!**" aggiunse nuovamente la show girl.

La gara ebbe inizio e i giudici si posizionarono dietro la loro imponente scrivania.

CLAP CLAP

La prima domanda introduttiva fu la più semplice. 15 erano i secondi che avevamo a disposizione per rispondere al quesito.

Rihanna lesse: "Data l'equazione della parabola y = x^2 + x, individuate quali sono le rette tangenti alla parabola e passanti per l'origine O".

OOOOO!

Nicholas sorrise e in meno di due secondi **SCRISSE** la risposta.

I giudici la trovarono corretta e ci **ASSEGNARONO IL PRIMO PUNTO**.

Il pubblico si lasciò trasportare dall'entusiasmo e cominciò a urlare:

"**W I PING PONG THEORY!**".

Eravamo partiti alla grande e, i nostri intensi giorni di preparazione alla gara stavano dando bei risultati!

LAP CLAP

La seconda domanda di RHIANNA arrivò senza preavviso e noi, che stavamo ancora festeggiando, RIMANEMMO AMMUTOLITI.

"In quale punto la parabola di equazione y = (x – 2)^2 è tangente all'asse delle ascisse?" chiese la presentatrice dello show. Era una domanda di accesso alla FACOLTÀ DI INGEGNERIA e, anche se l'avessimo sentita in tempo, non avremmo risposto rapidamente come fecero gli Avengers del Male.

Appena gli venne assegnato il punto, VENOM SLIM si concesse una risata ai limiti del terrificante e MIA SORELLA ELEN PERSE TUTTA LA SUA SPAVALDERIA. Quei tipi facevano PROPRIO PAURA ed erano molto preparati. Il nostro talento forse non sarebbe stato sufficiente per batterli. SAREBBE SERVITA CONCENTRAZIONE E DETERMINAZIONE, per potercela fare. Potevamo pagare a caro prezzo ogni minima distrazione.

RIHANNA si avvicinò alla telecamera e, portando il suo bel viso in primissimo piano, disse che era arrivato il momento "clip cool". Adesso ogni squadra aveva l'opportunità DI MOSTRARE UNA CLIP che sarebbe servita ai giudici per dare un punto in più per la SIMPATIA e la CREATIVITÀ dimostrata.

"Il pubblico non aspetta altro che conoscervi. Siete in perfetta parità, ma uno di voi potrà distaccare l'avversario. È il momento che ci mostriate qualcosa di simpatico e altamente creativo. SORRIDETE VOI CONCORRENTI E SORRIDETE ANCHE VOI DA CASA: è il momento della "clip cool". Applaudiamo ai PING PONG THEORY!" disse senza pause RIHANNA.

Elen si alzò dalla sua postazione, attivò il TELECOMANDO che gli avevano affidato e fece partire la clip da lei preparata.

Nel video eravamo dei CARTOON 3D.

Indossavamo le calzamaglie da supereroi e ci scontravamo con degli esseri stile Transformer. Nella clip, alla fine della battaglia, **ELEN REGALAVA AI NOSTRI NEMICI UN GELATO** e **TUTTI INSIEME BALLAVAMO IN UNA DELLE SPIAGGE DI MALIBÙ**.

La clip era **SOLARE**, ben realizzata, ed esprimeva l'**AMORE** anche verso i nostri

AVVERSARI. In fondo, la competizione era **un gioco!**

Il pubblico apprezzò il nostro punto di vista scanzonato e divertente. I giudici si alzarono e ci mostrarono le palette con tutti 10.

Avevamo ottenuto il punteggio più alto e gli **AVENGERS DEL MALE** potevano solo **sperare di raggiungere il nostro stesso voto** e finire in pareggio questa seconda prova.

Il **PROFESSOR GRAY** non era simpatico come ELEN e non si degnò di alzarsi o tantomeno di **SFODERARE UN SORRISO AL PUBBLICO**.

Sembrava arrabbiato. Non apprezzava il fatto che eravamo ad **HOLLYWOOD** e ci stavamo divertendo in uno degli show più visti al **mondo**.

Anche lui attivò il **telecomando** e partì la **CLIP CHE AVEVA PREPARATO**.

Il suo video era ambientato nella mia scuola. Ecco cosa annunciava il titolo in stile HORROR.

«PREPARATEVI ALL'INCONTRO CON UN TERRIBILE MOSTRO!».

Tutti noi dei **Ping Pong Theory** ridemmo, perché gli **AVENGERS DEL MALE** avevano preparato una CLIP HORROR che sicuramente sarebbe stata odiata dalla giuria.

Le immagini che seguirono al titolo furono quelle della mia scuola e una didascalia rimarcò: "QUI SI ANNIDA LA TERRIFICANTE CREATURA CHE, COME UNA SERPE, SA NASCONDERSI DA TUTTO E TUTTI".

Infine comparve il mio volto.

COSA CI FACEVO IO IN QUEL VIDEO?

le riprese mostrarono me NELL'AULA INFORMATICA mentre **HACKERAVO** il mio voto e lo **PORTAVO DA BUONO AD OTTIMO**.

Una scritta finale ribadì quello che loro, e adesso il mondo, pensava di me: "PHIL, IL NERD

BOOOO

È UN IMPOSTORE! PHIL, IL NERD BUGIARDO!"

I tanti BOOOO! del pubblico ARRIVARONO SUL PALCO COME FRECCE AVVELENATE.

La situazione si capovolse completamente e il professor Gray riuscì a farmi odiare da tutti.

Simon, il presidente dello show, si avvicinò a me. Lasciò a casa i preamboli e, senza filtri, sentenziò: "LA GARA PER TE FINISCE QUI. Tu e il tuo gruppo SIETE FUORI, ESCLUSI, out!

NON AMIAMO I BUGIARDI E GLI IMPOSTORI!"

Nei volti di GEORGE, NICHOLAS, BIG MIND KILL e ELEN vidi la delusione.

OOOO!!!

Avevano perso una grande opportunità e, COSA PEGGIORE, si erano fidati della persona sbagliata.

Come avrei potuto spiegare a loro e al mondo che il professor Gray mi aveva portato a compiere quell'azione? IO ERO SOLO STANCO DELLE SUE INGIUSTIZIE e avevo TENTATO DI RIPORTARE LE COSE COME DOVEVANO ESSERE. Ma non era servito a nulla, la mia vendetta aveva peggiorato tutto.

In quel momento RIHANNA richiamò l'attenzione delle telecamere su di sé e disse: "Abbiamo in collegamento il preside dell'istituto scolastico di Phil.

VUOLE PARLARE AL NOSTRO NERD IN DIRETTA TV E WEB!".

Ci mancava solo il vecchio Donald, un ALTRO CHE AMAVA EMETTERE SENTENZE IN TEMPO REALE.

Lui era l'ennesima persona che raggiungeva la felicità quando poteva giudicare piuttosto che comprendere.

"Sei sempre stato uno studente modello, ma **IL TUO IMBROGLIO MI OBBLIGA A SOSPENDERTI** per una settimana! Sei stato una delusione e ovviamente **CAMBIERÀ ANCHE IL GIUDIZIO FINALE SUL TUO COMPORTAMENTO**".

CURIOSITÀ ...

Lo sapevate che il 17 novembre è il GATTO NERO DAY, giorno dedicato alla difesa dei gatti neri, contro pregiudizi e superstizioni che da sempre accompagnano i mici dal manto nero?
La ricorrenza è stata istituita dall'AIDAA (Associazione Italiana Difesa Animali e Ambiente).

Il pubblico applaudì e **A NESSUNO VENNE IN MENTE** di sentire cosa mi avesse spinto a compiere quel gesto.

Cominciavo a capire come potevano sentirsi le streghe ai tempi **dell'Inquisizione**.

IL DIARIO DI PHIL

EPILOGO

L'EQUILIBRIO DELLA VITTORIA

Einstein diceva: "Se si giudica un pesce dalla sua capacità di arrampicarsi sugli alberi, passerà la sua vita a credere di essere stupido!".

Non giudicatemi per i miei guai... ma per ciò che farò ora!

Eravamo tutti in albergo, presto avremmo cenato e l'indomani saremmo ripartiti.
La mia famiglia venne **isolata** da quelle **dei miei amici** e nessuno ci rivolse più né la parola né **LO SGUARDO.**
BIG MIND KILL non voleva che mi avvicinassi a lei.
"**200 WHATSAPP E NEANCHE UNA RISPOSTA**!" le urlai.
Lei fece finta di nulla e mi ignorò.
ERO TRISTE COME POTREBBE ESSERLO UN GELATO SENZA CONO O UN MARE SENZA PESCI.
Mia sorella mi fece cenno di seguirla e uscimmo dal ristorante interno dell'albergo in cui alloggiavamo.
Nella piscina esterna, **Elen** aveva appoggiato delle cartelle su una sdraio.
"**COSA VUOI?**" le domandai un po' impaurito.
Mi passò una stampa del sito: "**GIOVANI NERD NEGLI ANNI '80 E '90**".
"**LEGGI! IN QUESTO SITO CI SONO I NOMI DI TUTTI I NERD PIÙ FAMOSI NEGLI**

ANNI '80 E '90... QUANDO PAPÀ E MAMMA ANCORA ERANO PERSONE NORMALI!" precisò.

Lessi i nomi ed erano tutti sconosciuti, all'infuori di quello di **Jason** e **Kevin**.

"Chi sono tutti questi e cosa c'entrano con me?" chiesi infastidito.

"Tontolone, guarda la foto che c'è vicino e nota che il ragazzo che parlava con Jason e Kevin, aveva i capelli a palma come quelli del professor Gray, ma sotto c'è scritto "Raymond McCarthy". Questo vuol dire o che il giornale dell'epoca si era sbagliato o l'impostore è un altro... e non tu!" disse fiera **ELEN**.

Aveva ragione!

Mitica!

DE GHASTLIE
Matriarch
Prof. Albert
elia
STAR WARS
MITICO
Raymond Mc Carthy

1

Se il **professor Gray** era **RAYMOND MCCARTHY**, questo voleva dire che era **UN IMPOSTORE**... ma perché si fingeva **UN ALTRO**?

Poi pensai alle parole di **Big Mind Kill**: "Solo un nerd potrebbe rubare la DelorEaN!".

Ehi!

CHI ERA IL NERD NELLA FOTO? Il professore Gray o come diamine si chiamava realmente.

"**Ci sono**!!! **SORELLONA, SEI GENIALE!** Il professor Gray, in verità si chiama **RAYMOND MCCARTHY!**, Era un **NERD**, ed è stato lui a rubare negli studios di Hollywood e nella villa di **GEORGE LUCAS**. Quegli oggetti non hanno un grande valore, il valore è **SENTIMENTALE** e quindi può interessare **SOLO A UN NERD**.

E adesso è evidente che lui lo era! Questa foto lo dimostra. **Bisogna capire dove ha nascosto la refurtiva, chi è realmente e come potremmo rendere pubblico tutto questo prima di ripartire per New York!**".

"Chiamiamo il gruppo e sentiamo immediatamente **Jason** e **Kevin**, loro conoscevano **RAYMOND MCCARTHY E POTREBBERO AIUTARCI!**" concluse **Elen**.

2

I ragazzi chiamati all'appello **DAL LORO PICCOLO COACH**, riuscirono a sgattaiolare via dai genitori.

"**NE VA DEL NOSTRO ORGOGLIO NERD!**" si impose **George**.

"*Ho già mandato un WhatsApp a Jason e stanno per arrivare!*" disse a sorpresa **Nicholas**.

"COME HAI AVUTO IL CELLULARE DI JASON?" domandò **Big Mind Kill**.
"Dopo che aveva tentato di togliermi il sacchetto, mi sono scusato e gli ho detto che se avesse voluto vedere la mia faccia avrebbe potuto farlo, ma non davanti a tutta quella gente. Lui capì e mi disse che non c'era alcun problema. Mi diede il suo numero di telefono, semmai avessi avuto bisogno di lui. Ora mi sembra che abbiamo bisogno di una mano!" rispose **NICHOLAS**.
Kevin e **Jason** arrivarono con la loro vecchia **BUICK** scassata, **ROMBANTE COME UN VULCANO PROSSIMO ALL'ESPLOSIONE**. Anche i nostri genitori uscirono dal ristorante per sentire cosa ci avrebbero rivelato.
Gli mostrammo immediatamente il ritaglio dell'articolo e Kevin disse: "**MA QUEL TIPO È RAYMOND MCCARTHY**. Non lo vedo da un bel pezzo. **Un tempo era un NERD ed era il più antipatico dei GEEK.**

Era saccente e si credeva superiore a tutti perché sapeva tante cose. Era veramente preparato, ma quando venne isolato da tutti, cominciò a **odiare gli altri nerd**. Lo tennero a distanza perché **LUI ERA SEMPRE IN COMPETIZIONE** e il suo **SNOBISMO ERA DIVENTATO INSOPPORTABILE**. Giudicava tutti e, chiunque, per "Mr. Intelligenza" **era solo un idiota**. **INIZIALMENTE ERA UN MITO**, ma successivamente venne isolato.

Fu inevitabile!

NON AMAVA SOCIALIZZARE e **nessuno** voleva condividere del tempo con lui!".

TUTTI RIMANEMMO SORPRESI.

"Sei sicuro del suo nome?" chiesi.

"McCarty, lo ricordo bene. Lui cominciò a odiare i **NERD** e i nostri simboli e disse che sarebbe diventato come il grigio che avrebbe reso l'arcobaleno senza colori!" aggiunse **JASON**.

Tutto era chiaro e anche il mistero del suo nome era stato risolto.

MA DOVE SI POTEVA NASCONDERE UN TIPO DEL GENERE?

Se avessimo trovato la refurtiva, avremmo dimostrato al mondo come stavano realmente le cose e io, per tutti, non sarei stato un impostore e un bugiardo.

"*Se vi state chiedendo dove viveva, posso dirvi che suo padre era il proprietario dell'albergo in cui alloggiate voi...*" disse **Jason**.

"Quindi?" chiese **Elen**.

"Quindi, se ha nascosto la refurtiva, sarà **BEN CELATA DA QUALCHE PARTE IN QUESTO GRANDISSIMO HOTEL!**" concluse **Jason**.

3

Era l'ora della ribalta!

Mio padre si allontanò da tutti per telefonare.

Pensai alla frase di **E.T.**

Cosa voleva dire "CERCA L'EQUILIBRIO DELLA VITTORIA"?. Nell'hotel avevo visto una sala conferenze nella quale si svolgevano le premiazioni degli AWARD che spesso alcune società di Hollywood organizzavano.

INVITAI TUTTI A SEGUIRMI.

LI PORTAI NELLA SALA CONFERENZE, DOVE SPERAVO DI STUPIRLI.

Spalancai la porta.

Ma non c'era nulla da vedere.

Mi trovai davanti a un palco e a un centinaio di poltrone dalle quali era possibile assistere allo spettacolo.

"Dove sta la refurtiva?" domandò incuriosito George.

Tutti mi appiccicarono gli occhi addosso e MI SENTII UN CENTINAIO DI CHILI PIÙ PESANTE.

Sul leggio, che stava al centro del palco, notai RAFFIGURATA una bilancia.

ERA L'EQUILIBRIO DI CUI PARLAVA E.T.?

La toccai e il muro dietro al palco si aprì come una porta scorrevole.

STRACOOL!!!

Ci trovammo davanti alla refurtiva e **AL PROFESSOR GRAY** che dormiva all'interno della **DELOREAN.**

SVEGLIA!!!!!!

NON SI DORME NELLA DELOREAN!

MOMENTO NERD!

LA DELOREAN! NON HAI MAI VISTO RITORNO AL FUTURO?

Nella trilogia di Ritorno al Futuro la macchina del tempo DeLorean è il veicolo per viaggiare nel tempo usato da "Doc" Emmett Brown (Christopher Lloyd) e Marty McFly (Michael J. Fox) per viaggiare attraverso la storia della loro cittadina, Hill Valley, città immaginaria situata nella California settentrionale.
Nella trilogia, la macchina del tempo è stata costruita da Doc usando come base una normale DeLorean DMC-12, che per spostarsi nel tempo necessita di una potenza elettrica di 1,21 gigawatt.
In Ritorno al Futuro, Doc alimenta la DeLorean caricandovi del plutonio, che genera, tramite una reazione nucleare, gli 1,21 gigawatt di potenza necessari al salto temporale; il Doc del 1955, non disponendo di plutonio,

rispedisce Marty nel 1985 ricavando l'energia dalla scarica di un fulmine. In Ritorno al Futuro – Parte II, sulla macchina, al posto del serbatoio di plutonio, è installato il dispositivo Mr. Fusion, che consente di ricavare l'energia necessaria dai rifiuti. In Ritorno al Futuro – Parte III, Doc dice a Marty che «il generatore di fusione dà energia ai tempo-circuiti e al flusso canalizzatore, ma il motore a combustione interna funziona con la normale benzina, lo ha sempre fatto!».
La DeLorean, in Ritorno al Futuro – Parte II, viene equipaggiata con un dispositivo a reazione che le permette di sollevarsi con le ruote parallele al suolo e di volare. Nel finale della Parte II, il dispositivo si danneggia, quando il veicolo è colpito da un fulmine che manda Doc nel 1885, e da quel momento la vettura, nei film, non volerà più.
Nel videogioco pubblicato per PS3 nel 2011, la DeLorean ricomincia a volare nel secondo dei cinque episodi, e acquisisce due nuovi gadget: l'Automatic Retrieval System (sistema di recupero automatico), che sovverte le condizioni di viaggio nel tempo della DeLorean, permettendole di ritornare alla casa di Doc negli anni ottanta senza dover raggiungere le 88 miglia orarie. Entra in funzione dopo un po' di tempo che la macchina non viene usata. È aggiunto da Doc dopo gli eventi di Ritorno al Futuro 3, affinché Marty potesse aiutarlo, nel caso in cui fallisse nel tornare a casa da un'altra epoca...

Intanto le telecamere di AMERICA LOVE TALENT erano arrivate per riprendere me e il nostro team mentre smascheravamo il ladro. Mio padre sorrise.

ERA STATO LUI A CHIAMARE SIMON PER DIRGLI CHE AVEVO RISOLTO IL CASO.

Ero proprio felice!

Avevo SMASCHERATO IL PROFESSOR GRAY, trovato GIZMO e tutti gli oggetti COOL amati da ogni NERD.

Avevo dimostrato al mondo di essere un RAGAZZO SINCERO.

"SORRIDETE! SORRIDETE! PHIL IL NERD NON È UN BUGIARDO!!" esclamò Rihanna.

Le telecamere ripresero la polizia che tentava di svegliare il professor Gray, o meglio RAYMOND MCCARTHY.

Per tutti ero nuovamente PHIL IL NERD!

4

Eravamo in aeroporto.

Big Mind Kill mi prese per mano prima di metterci sulla navetta che ci avrebbe portati sul velivolo e, sussurrando senza farsi sentire dagli altri, mi disse: "**MI PIACI E SEI FANTASTICO, COME UNO DEI GOONIES... UNO A CASO!**".

Wow! Aveva citato **i Goonies** e io l'adoravo! **ERA UNA VERA NERD** ed **ERA SPECIALE**.

Voleva forse... stare con me?!

Non avevo il coraggio di chiederglielo!

5

Prima di salire sull'aereo, andai in bagno e, come sempre mi capitava appena rimanevo solo, **incontrai** nuovamente **E.T.**

L'unico extraterrestre che ha paura di prendere l'aereo.
Se non mi vedrai più, non andare dall'oculista... Può succedere, perché stai crescendo!
molt

Avevo qualche serio dubbio che il mio alieno fosse il vero E.T., ma ormai gli volevo bene e speravo che non andasse via.

"**MI SEI PIACIUTO, MARMOCCHIETTO!** Stai crescendo, e come vuole la letteratura e il cinema fantastico, quando i ragazzini diventano adulti, **ANCHE NOI "MENTORI IMMAGINARI" DOBBIAMO SCOMPARIRE! FORSE NON CI RIVEDREMO PIÙ E DOVRAI FARCELA DA SOLO NEL MONDO REALE.** È il tuo momento e devi vivere!" aggiunse.

Ero un po' dispiaciuto di non poter più rivedere lui o **DART FENER**, ma allo stesso tempo ero contento perché piacevo a **Big Mind Kill!** Come sarebbe andata a finire **la nostra love story?**

Uscii dal bagno prima che a mio papà scoppiasse la vescica.

Qualche minuto dopo, Lenny mi raggiunse e disse: "*Nei bagni degli aeroporti non si trovano più le persone di una volta!*".

"Per quale motivo?"

"*C'era E.T. e delirava, forse era perché aveva preso qualche pillola di troppo... aveva paura di volare!*"

"MI STAI DICENDO CHE HAI VISTO E.T.?"

"Sì, dove sta il problema?"

Mio padre era un adulto e continuava a vedere la creatura di STEVEN SPIELBERG. Com'era possibile?

"TESORO! PUOI VENIRE?" urlò mamma a Lenny.

Papà si alzò in fretta e corse da lei.

Anche la mia decoratrice di t-shirt aveva visto un alieno vicino al bagno. "Era fuso e non voleva sentirne di prendere un aereo!" ripeté scioccata mia mamma. ENTRAMBI I MIEI GENITORI AVEVANO VISTO L'ALIENO NONOSTANTE FOSSERO ADULTI! Il mostriciattolo extraterrestre era vero, ed era un NERD. Forse non era E.T., magari era qualche suo cugino fuori di testa, ma di certo poteva far parte della nostra FOLLE FAMIGLIA!

Fragile

PAPI, EDDAIII! GIOCHIAMO AD ALIENOPOLY! AL FALSO E.T. PIACE TANTO!
NERD 4EVER
NON ESISTE LA FAMIGLIA PERFETTA, MA ESISTIAMO NOI Dick... E NOI SAPPIAMO SOGNARE DAVVERO! FORTUNATI, NO?

Un film scritto e diretto da

PHILIP OSBOURNE

con la partecipazione di

BIG MIND KILL
NICHOLAS
GEORGE
ELEN DICK
PHIL DICK (ALIAS, PHIL IL NERD)
LENNY DICK
MARYLIN DICK
TEO MESSI
GLI AVENGERS DEL MALE
IL PROFESSOR GRAY
DART FENER (O QUEL CHE È VERAMENTE)
E.T. (O QUALCHE SUO PARENTE)
JASON
KEVIN
IL PRESIDE(~~NTE~~) DONALD

Un grazie di cuore a Brian Yuzna, mio mentore.

PHILIP OSBOURNE

"SIATE NERD CON IL SORRISO, SIATE NERD CON TANTI AMICI E, COME DICEVA STEVE JOBS, IL PIÙ GRANDE DEI NERD: SIATE AFFAMATI, SIATE FOLLI!"

EDICART JUNIOR è un marchio GRUPPO EDICART
via Jucker, 28 - Legnano (MI) Italia
Editing Italia: *Camilla Marino*
Illustrazioni di *Roberta Procacci*